숭고함은 나를 들여다보는 거야

숭고함은 나를 들여다보는 거야

김 숨 소 설

차 례

숭고함은 나를 들여다보는 거야 007

작품해설 2II

작가의 말 22I

1

눈을 잃고,

먼 땅, 먼 땅에서…….

2

나는 안개 속에 살아…… 안개 속에서 잠들고 깨어
나지.

안개 속에서 머리를 빗고,

옷을 갈아입지.

안개 속 어딘가 내 거울이 있어.

숭고함은 나를 들여다보는 거라는데, 내가 나를.

그 거리는 무無.

오늘은 바다가 보고 싶어…… 바다가 그리워.

내가 그립다는 말을 다 하네.

나는 사상이 좀 다르지.

내 몸이 작지, 내 몸이 참 작아.
내 몸은 고아孤兒처럼 작은데⋯⋯
내 뒤에 아무도 없어.

빛도,
바람도 없는 곳에,
새도 울지 않는 곳에,
그림이 두 점 놓여 있어.

3

아침마다 목소리가 들려왔어.
방향도 없는 곳에서.

"숨 쉬세요."

"숨 멈추세요."

끝—

4

목소리들이 내 몸을 찔러, 때려.
바늘이, 망치가 되어.

"나에 대해 생각한 적 없어."

끝—

10년 전에 바다를 떠나왔어, 내가 여든세 살 되던
해.
떠나온 뒤로 다시 못 가봤어.
돌아갈 수 있을 줄 알았어.

내가 돌아가고 싶을 때, 언제든.

끝—

바다를 떠나올 때 계절이 봄이었어.

돌아갈 수 없다는 걸 깨닫고 나서야 그리워.

밤에 바다 앞에 앉아 있고는 했어. 바다를 바라보기만 했어.

바다 빛깔은 못 봤어.

밤이 바다 빛깔을 지워버려서.

문 좀 닫아…….

부산 다대포 앞바다에서 구멍가게 딸린 횟집을 했어.

아이스크림도 팔고, 모기향도 팔고, 초도 팔았어.

낚싯대, 라면, 껌, 풍선, 폭죽.

모기향하고 초가 잘 팔렸어.

나무도마, 식칼,

아가미를 뻐끔거리며 생각에 잠긴 숭어,

마른행주, 모기향 연기,

헐거운 나사처럼 제자리에서 맴도는 파리 소리,

바다 쪽에서 불어오는 비릿하고 짭조름한 바람, 식

칼을 집어 드는 손, 일진달력日辰－曆…….

문 좀 닫아…….

사흗날과 나흗날은 남쪽에 손*이 있고,

닷샛날과 엿샛날은 서쪽에 손이 있어.

아흐렛날과 열흘날에는 손이 하늘로 올라가.

내 고향 마을 여자들은 손 없는 날에 장을 담갔어.

마른행주로 숭어 몸에 묻은 물기를 훔치고,

식칼을 집어 드는 손.

검은 밤을 흰 낮이 감싸고 있어, 숭어의 눈은.

✦ 날짜에 따라 방향을 달리하여 따라다니면서 사람 일을 방해한다는 귀신.

바다에 들어갈 생각은 못 했어.

내게 바다는 바라보라고, 바라만 보라고 있는 거였
어.

달력 속 그림처럼.

밤바다 소리는 뼈를 녹여.

5

내 손 잡지 마.
다른 손이 내 손 잡는 거 싫어.

내 손은 새, 구름 아래를 나는⋯⋯.
새를 만질 수 있는 건 바람과 비와 눈송이뿐.

내 머리카락도 만지지 마,
한 올도.

뭘 뿌린 거야⋯⋯ 내 손에 뭘 뿌린 거야?

내 방에 할머니들이 많이 있어…….

내 뺨을 때린 것도 손이었어. 돌멩이가 아니라, 나뭇잎이 아니라.

그 손이 시작이었어.

그리고 끝—

그 손을 잊은 적 없어.

서른 살쯤 되어 보이는 일본 군의관의 손이었어.

덤불에 숨은 나를 찾아냈어.

그리고 열다섯 살이던 내 뺨을 때렸어.

군의관 얼굴은 기억 안 나.

나 살아 있어…….

6

닫힌 창.
닫힌 문.

북쪽에 걸린 긴 거울.

어디서 찬 바람이 불어오네…….

내 나이가 스물두 살이라고 했어. 집 떠날 때 열다
섯 살이었는데.
서른두 살이라고 했어도, 마흔두 살이라고 했어도
믿었을 거야.

엄마가 나이를 알려주었어.

엄마는 내 나이를 세고 있었나봐, 나도 세지 않던
내 나이를.

엄마는 죽은 자식의 나이도 세는 사람이니까.

그곳에는 계절이 없었어.

세상에 계절이 없는 곳도 있다는 걸 그곳에 가서야
알았어.

그곳에는 낮과 밤만 있었어,

밤과 낮만 있거나.

내가 자식들을 죽였대…….

불 끄지 마.

7

꽃 피는 자리로, 잎 피는 자리로.

나에 대해 생각한 적 없어, 일생을…….

지옥에도 꽃이 필까.
돌에 꽃이 피었어, 번개가 치고 비가 지나간 뒤.

내가 싸우고 있어.

지금 생을 알기도 전에 지난 생을 알았어,
전생에 내가 지은 죄를.

양산에『전생록』을 가진 할아버지가 있었어.

내 나이 스물세 살 때 할아버지를 찾아갔어.

진분홍 접시꽃, 구름, 잠자리, 엄나무…….

내가 태어난 해와 달, 날과 시로 내 전생을 찾았어.

전생에 내가 옥황상제 딸이었대.

자식을 다 죽인 벌罰로

쫓겨났대.

먼 땅, 먼 땅으로…….

그래서 삼신할미가 내게 자식을 주지 않는 거라고
했어.

자식을 달라고 독신각에 부처님을 모시기도 했어.
얼굴이 아기처럼 뽀얀 관세음보살님⁺을.

잘못 모시면 도리어 화를 입는다고 함부로 모시지
않는다는데 겁도 없이.

관세음보살님이 눈을 지그시 감고 있어.

내가 믿는 거…….

전생,

벌,

그리고 내가 전생에 지은 죄.

죄를 지을까봐 겁이 나…….

✦ 김복동에게 부처와 관세음보살은 동일한 존재로 이해되기도 한다.

8

까치 우는 소리.

거울 아래 홀로 누워 있는 그녀.

그녀의 머리맡 분홍색 양말과 흰 가제손수건.

 요새는 담배가 한 대 피우고 싶어…… 소주도 한잔
하고 싶고…….
 아흔두 살에 담배를 끊었어.
 내가 노래 불러줄까.

공중 나는 까마귀야,
시체 보고 울지 마라…….

그녀가 몸을 일으킨다.
땅에서 죽은 뿌리를 거두듯 두 팔을 끌어당긴다.
두 손으로 머리를 매만지며,

머리에 핀을 하나 꽂아야겠어.
핀이 많았는데 다 나누어주고 두 개뿐이야.
그중 하나는 휘어지고.
열다섯 살 때 머리를 잘렸어, 시모노세키에서.
일본 여자가 무쇠가위로 내 머리를 잘랐어. 내 엄
마도 아니면서.

고향 집 떠나던 날, 엄마가 내 머리를 땋아주었어.
머리 끄트머리가 명치쯤 왔어.

딸들이 어릴 때,
엄마는 딸들 머리를 땋아주고 나서야 밭에 일하러
나갔어.

내가 몇 년생인지는 모르겠어.
범띠야, 병인년 범띠.

다 갔어?

다 갔어?

소식 없어?

뼈, 살, 근육, 핏줄, 손톱, 잔털…….
내 손 만지지 마.

얼굴이 가려워 죽겠어.

내 얼굴 만지지 마.
내 얼굴을 만질 수 있는 손은 내 손뿐이야.

9

자식이 없는 여자가 있었어.

자식을 달라고 백일기도를 지극정성으로 드리는데 하루는 꿈에 웬 스님이 여자아이를 품에 안고 찾아왔어.

여자가 스님에게 그랬어.

"아이고 스님, 나는 딸 필요 없어요."

여자아이를 도로 데리고 가버린 스님이 얄궂게 생긴 남자아이를 데리고 다시 찾아왔어.

"스님, 이왕 줄 거 똘똘하고 잘생긴 아들로 주세요."

그 말에 화가 난 스님이 혀를 차며 말했어.

"팔자에도 없는 자식을 주려고 했더니만…… 이거

나 가져라!"

스님이 열쇠 꾸러미를 여자 앞에 던져주고는 남자아이를 데리고 가버렸어.

열쇠 꾸러미는 부자 될 팔자.

여자는 자식을 못 낳는 대신에 돈을 아주 많이 벌어 큰 집을 지었어.

그 집이 나중에 춘추원사라는 절이 되었어.

새벽마다 차가운 물로 목욕하고 춘추원사에 갔어.

자식 하나만 달라고 부처님께 빌었어.

집을 나서며 대문에 금줄을 쳐놓았어.

내가 기도 드리는 동안 집에 잡귀가 못 들어오게. 부정 타면 안 되니까.

볏짚을 꼬아 짠 새끼줄에 솔잎하고 숯을 군데군데 꽂아 금줄을 만들었어.

그날도 대문에 금줄을 치고 집을 나섰어.

그런데 내가 부처님께 기도 드리는 동안 둘째 언니가 형부하고 싸우고 친정에 왔어.

그날 밤 엄마가 꿈을 꾸었어.

꿈에 엄마가 내게 꽃 한 송이를 주며 그랬대.

"복동아 받아라."

"나는 꽃 싫다."

내가 꽃을 거들떠도 안 보자 옆에 있던 둘째 언니가 그러더래.

"엄마, 그 꽃 나 주라."

그래서 엄마가 꽃을 언니에게 주었대.

언니가 아파서 엄마가 무당을 불러다 굿도 했어. 얼마 뒤 언니 몸에 애가 들어서더니 딸을 낳았어.

내게 올 딸이 그렇게 둘째 언니에게 갔어.

그 딸이 자라, 시집가 잘 살았는데 암이 왔어. 죽은 지 좀 됐어.

『전생록』을 가진 할아버지를 다시 만나면 물어보고 싶어.

전생에 내게 자식이 몇이나 있었는지.

나는 어쩌다 자식을 죽였을까.

복 받을 복福.

아이 동童.

그게 내 이름이야.

아버지가 이름을 지어주었어.

10

이해할 길이 없었어.
전생이 아니면, 전생에 지은 죄가 아니면,
내가 겪은 일들을.

생각한 적 없어서 모르겠어, 내가 어떤 사람인지.
생각하고 싶지 않아.
나는 남에게 욕먹는 거 싫어, 남 욕하는 것도. 헛짓,
헛소리하는 것도 싫어. 남에게 빚지는 것도…….
남이 노래 부르는 것도 싫어.

말하고 싶지 않아.

말은 흩어져버리니까.

목소리가 안 나와…….

내 방에 사람들이 가득 있어…… 사람들이 내 방을 어질러놓았어…….

할머니들이 팥을 뿌리고 있어…….

내가 운명이 바뀌었어.
육십갑자…… 음양이 바뀌었어.

내가 해시亥時에 태어났어.
내가 들어서고 엄마가 태몽을 꾸었어.
농 위에 접시가 놓여 있더래. 접시를 들여다보니까 무씨 세 개하고 밤 세 개가 담겨 있더래. 엄마가 밤을 집으려니까 어디선가 새가 날아와 못 집게 훼방을 놓더래. 그래서 무씨를 집었대.
밤도 아들 태몽, 무씨도 아들 태몽.
그 꿈을 꾸고 엄마 배가 불러오는데 딸이 아니라

꼭 아들 가진 모양이더래.

아들을 낳을 거라고 아버지가 미역을 사다 부엌 벽에 걸어놓기도 했대.

11

보고 싶은 사람이 없어서,
눈을 잃었을까.

자정쯤 잠이 깨, 다시 잠들지 못해.

눈을 잃고,
세상도 보고 싶지 않아졌어.
내가 모르는 사람들하고 밥 먹는 것도 싫어졌어.
나를 모르는 사람들하고.

볼 수 없어도,

바다가 그리워.

볼 수 있는 걸 그리워하는 건 그리워하는 게 아니
야.

아니면 정말로 그리워하는 것이거나. 병病이 되도
록.

갈 수 있겠지…….

12. 기별

초여름빛, 아기 입김 같은 바람.

참외 냄새.

그녀의 지느러미가 전부 잘린 물고기 같은 손이 방
바닥을 더듬는다.

땅콩색 블라우스가 그녀의 손에 잡혀온다.

그녀는 그것을 입는다, 전생에 두고 온 영혼인 듯.

블라우스 단추를 잠그고,

두 손으로 머리를 매만진다.

두 시 방향을 응시하며,

내가 꼭 가야 하는데 아파서 못 가요.

만날 날이 있겠지요.

꼭 가야 하는데…… 병에 시달리느라 못 가요……
말로 하려니까 말이 제대로 안 나오고…….

갈 수 있겠지요…….

언젠가는 갈 수 있겠지요…….

13

해가 뜨면 지고,

해가 지면 뜨고.

나는 아침마다 소금으로 입을 씻었.

진실로,

알아야 해.

손이 모자란다고 했어.

군복 만드는 공장에 손이 모자라서 내가 가야 한다

고.

그때 내 나이가 열다섯.

아침에,

커튼을 닫아…… 밤이 가까우니까.

저녁 여섯 시에는 안약을 넣고.

저녁 약을 먹으며,

저녁에는 저녁 약 먹고, 아침에는 아침 약 먹
고…….

꿈에 엄마가 보여…….

꿈에 아버지하고 엄마가 자꾸 보여…….

아버지는 임금처럼, 엄마는 왕비처럼 꾸미고,

가마 같은 걸 타고 나를 찾아와.

꿈에 내가 딱한 일을 당했어, 그래서 나를 도와주
려고.

엄마는 앞에 서 있고, 아버지는 뒤에 서 있고.

엄마가 말을 안 해.

아버지가 말을 안 해.

아버지도, 엄마도 나를 바라보기만 해.

나도 말을 안 해.

아버지하고 엄마가 다녀가고 나면 해결이 되어 있어.

딱한 일…… 무슨 일인지는 모르겠어.

꿈에 나는 지금 모습, 부모님은 돌아가실 때 모습.

아버지는 예순 조금 넘어, 엄마는 여든 조금 넘어 돌아가셨어.

나는 올해 아흔세 살.

14

새벽마다 창가에 서서 빌었어.

창문을 열고,

관세음보살에게.

관세음보살, 관세음보살······.

나는 한 가지만 빌었어. 아프지 말고 세상 떠나게
해달라고.

내 몸에 암癌이 오고 관세음보살을 안 찾아.

끝이 없어,

끝이······.

살이 말라 뼈하고 뼈가 부딪치니까 아파······.

암이 염치도 없지, 뭐 얻어먹을 게 있다고 내 몸에
붙었을까.

밥이 먹기 싫어…… 혀가 자갈처럼 굳어 아무 맛도
몰라.

내게 왜 암이 왔을까.
남 아프게 한 적 없는데 이런 고통을 받는 걸까.

나도 모르게 남 아프게 한 적 있나…….

진실로,
이 세상에 태어나기 전에,
내가 지은 죄.

암이 오고 티브이도 안 틀어.

15

나는 말을 못해.

말로 짓는 죄도 있어.

사람들은 내가 말을 잘한다지만,

나는 말이 무서워.

한 말을 되씹고 되씹어.

그 말은 하지 말걸,

그 말은 꼭 했어야 했는데.

그 말, 그 말, 그 말……

가슴이 답답해.

내 방에 사람들이 많아…….

간밤 꿈에 북쪽에 갔다 왔어.

내 방에 할머니들이 많아, 팥을 뿌리고 있어…….

아침 여덟 시경,

흔들리지 않는 커튼.
흔들리는 분홍빛.

어른어른 흔들리는 분홍빛 속에서,

불을 왜 안 *끄고* 갔을까.
저녁인데, 금방 밤인데.

밤에만 배를 탔어,
밤에만 배가 떠났어.
별과 섞여 바다 위에서 떠돌던 불빛들…….
계단을 내려갔어.

계속…… 바닷속까지.

수마트라…….

나는 감정이라는 걸 몰라.
외로움 같은 거 안 느껴, 못 느껴.

나 외로운 건 못 느끼는데,
남 외로운 건 느껴.
느끼고 싶지 않아도 느껴져. 맡고 싶지 않아도 맡
아지는 냄새처럼.
외로운 사람을 보고 있으면 힘들어.
그래서 눈이 멀었을까.

16

사람들, 사람들······.

다들 모른다고 말해도 나는 알아.

꿈에 또 엄마가 보였어.

처음에 내가 엄마에게 말했을 때 거짓말이래.
그런 일을 겪고 사람이 살 수는 없다며.
그런 일, 내가 겪은 일.

나는 알아,

내가 겪은 일을 잊은 적 없어.

17. 첫 번째 그림

『전생록』을 가진 할아버지가 내게 그림을 한 점 보여주었어.

붓하고 먹으로 그린,

해도, 달도 없는 그림.

까만 치마에 흰 저고리를 입은 여자가 보따리 하나 끌어안고 가시밭길을 헤매고 있어.

그 할아버지가 그랬어.

그림 속 여자가 나라고.

내가 옷 보따리 하나 들고 가시밭길을 헤매고 다녔어.

먼 땅, 먼 땅에서…….

가시밭길 저 끝, 차차 밝은 길이 나와.

18

엄마가 말을 안 해.

나도 말을 안 해.

모내기 철이었어. 내가 새참 만들어 논에 날라다주
고는 했으니까.
엄마가 바느질로 지어준 치마저고리 입고.
치마 밑단에 다른 색깔 천으로 테가 둘러져 있었
어.
어느 날 동네 구장하고 반장이 우리 집을 찾아왔
어. 누런 옷 입은 일본 사람을 데리고.

그들이 엄마에게 말했어.

"데이신타이에 보내야 하니 딸을 내놓아요."

"이 집에는 아들이 없으니 딸이라도 나라를 위해 내놓아야 하지 않겠어요?"

엄마가 딸만 여섯을 낳았어.

나는 넷째 딸.

언니들 셋은 서둘러 시집보내서 집에 없었어. 마을마다 나이 찬 여자아이들을 끌고 간다는 소문이 돌아서.

막내는 엄마 젖을 빨고,

아버지는 돌아가시고.

엄마는 내가 어려서 괜찮을 줄 알았어. 시집보내기에는 내 나이가 너무 어렸어. 그때 내 나이가 열다섯 살.

엄마가 그들에게 물었어.

"데이신타이가 뭔가요?"

그들이 말했어.

"군복 만드는 공장에서 일하는 거예요."

"일본이 전쟁을 하고 있는데 군복 만드는 공장에 손이 모자라 당신 딸을 보내야 해요."

"3년만 일하면 돼요."

"그 전에라도 나이가 차 시집을 보내야겠다고 고향
집에서 연락하면 언제든 보내줄 테니 아무 염려 말고
보내요."

사람들이 엄마에게 서류 같은 걸 내밀었어.

"도장을 찍어요."

"못 찍겠어요."

"어서 도장을 찍어요."

엄마가 끝까지 거절을 못 했어.

그래도 엄마를 원망할 수가 없어.

딸을 내놓지 않으면 배급이 끊기니까.

그들이 그랬어.

"반역자가 되고 싶어요?"

"딸을 내놓지 않으면 고향에서 못 살 줄 알아요."

그래서 내가 가겠다고 했어.

군복 만드는 공장이라는데 죽기야 할까 싶었어.

떠나던 날,

엄마가 1원짜리 돈을 꾸깃꾸깃 뭉쳐 내 치마 안주

머니에 넣어주었어.

벌어지지 않게 바늘로 주머니 입구를 기워주었어.

"일본 가서 배고프면 뭐라도 사 먹어라. 이 돈 떨어지면 집에 연락해라."

그리고 빨간 고추하고 인삼 넣은 주머니를 내 배꼽 밑에 묶어주었어. 배 타고 가면 멀미한다고.

양산에서 부산까지 일본 군인이 운전하는 지프를 타고 갔어.

지프에서 내리니까 부산 제2부두였어.

군인이 나를 창고 같은 데로 데리고 갔어. 총을 든 군인이 그 앞을 지키고 있었어.

창고 안에 들어가니까 스무 명이 넘는 여자애들이 있었어, 나 같은 여자애들.

처음 보는 여자애에게 내가 물었어.

"너는 어디 가니?"

"공장에 간다고 하더라."

밤에 여자애들과 연락선을 탔어.

부산 제2부두하고 시모노세키를 분주히 오가는 연락선이 있었어.

밤이라 바다가 안 보였어.

작은 배들이 밝힌 불빛들, 분주히 오가는 발소리들, 파도 소리…….

작은 배를 타고 바다로 나가 큰 연락선으로 옮겨 탔어.

날이 밝아올 즈음 시모노세키에 닿았어.

작은 배로 갈아타고 시모노세키 부두로 들어갔어.

남자들이 허름한 창고 같은 집으로 여자애들을 데리고 갔어.

그 집에 큰 다다미방이 있었어. 그 방에도 여자애들이 있었어.

대구, 진주, 김해, 의령에서 끌려온 여자애들이 서른 명쯤 되었어.

남자들이 밥이 든 긴 통을 방에 넣어주며 먹으라고 했어.

하루는 치마하고 블라우스 같은 옷들을 한 보따리 가져와 부려놓으며 갈아입으라고 했어.

머리는 벌써 잘리고.

여자애들이 옷을 골라 갈아입었어.

나도 치마저고리를 벗고 주름치마하고 블라우스로 갈아입었어.

벗은 치마저고리를 접어 보따리 속에 넣었어.

다다미방에서 여자애들과 지낸 지 일주일쯤 지났을까.

배가 왔다고 했어.

우리 조선 여자애들을 태우고 갈 배.

밤에 작은 배를 타고 나가 그 배로 갈아탔어.

짐이 잔뜩 실린 배 안에 우물처럼 깊은 구멍이 뚫려 있었어. 철 계단이 구멍에 의족처럼 걸쳐져 있었어.

군인들이 우리에게 담요 한 장하고 조끼를 나누어 주며 말했어. 배 위로 올라오라는 신호를 보내면 그걸 입고 올라오라고.

줄지어 철 계단을 내려가는 우리 발에는 고무신 대신 게다가 신겨 있었어.

게다가 벗겨질까봐,

덜 자란 발가락들에 힘을 주었어.

철 계단을 계속 내려갔어.

배 바닥에 게다 신은 발이 닿을 때까지.

차가운 배 바닥에 담요를 깔고 누웠어.

둥근 유리 너머로 바닷속이 들여다보였어. 밤이라 먹물처럼 까맣기만 한.

배가 움직이는 것이 등짝에 느껴졌어. 목울대에, 심장에.

갈비뼈가 흔들렸어.

배 밑이라 퀴퀴한 냄새가 나고 공기가 탁했어.

귀가 울리고 멀미가 났어.

눈을 감지 않아도 되었어. 뜨고 있어도 감고 있는 것 같았으니까.

낮에는 배가 안 가고 밤에만 갔어.

대동아전쟁이 한창이라 낮에는 연합군이 폭격을 해대서 배가 갈 수 없었어.

남자들이 밥하고 국을 가져다주면 그것을 먹었어.

며칠을 갔는지 모르겠어.

배 위로 올라오라는 소리가 들려왔어.

대만이라고 했어.

19

소식 없어?

소식 없어?

바다…….

배가 밤에만 떠났어.

밤에 다녀가는 천사처럼, 노랫소리가 들려온다.

"나의 몸과 상한 맘 위로받지 못했다오…… 벌레만

도 못한 내가 용서받기 원합니다.
  벌레만도 못한 내가…….”✦

  이웃집 딸들을 내다 팔았어.
  자기 딸들은 집에 꼭꼭 숨겨두고.

  거짓말로.

  너는 거짓말 같은 거 배우지 마.

✦ 일본군‘위안부’ 길원옥이 부르는 노래.

20

대만에서 내려 외지고 좁은 길을 한참 걸어갔어.

발밑에서 올라오는 땅 냄새가 고향 땅 냄새하고 달랐어, 그 빛깔도.

귀밑머리에 스치는 바람 느낌도 달랐어.

썰매 날 같은 빛 조각들, 우산처럼 커다란 나뭇잎들…….

목에 송골송골 염주알 같은 땀이 맺혔어.

농장 같은 곳이 나왔어.

처음 보는 나무들이 지천으로 널려 있었어, 바나나 나무였어.

남자들이 가져다주는 쌀과 반찬거리로 여자애들과

밥을 해 먹었어.

우리가 지은 밥을 남자들도 먹었어.

부산에서부터 우리를 끌고 간 남자들. 일본 남자 하나, 조선 남자 하나.

남자들이 사진사를 데리고 왔어.

사진사가 우리 얼굴을 찍었어.

사진기에서 반짝 하고 빛이 터질 때 얼굴이 그 빛에 삼켜지는 줄 알았어.

하루는 남자들이 우리를 데리고 놀이를 했어.

우리에게 만년필 같은 것을 주더니 그것을 숨기라고 했어.

어디에 숨겨도 자신들이 찾아낼 수 있다고 했어.

우리가 만년필을 숨기는 동안 남자들은 눈을 감고 있었어.

남자들이 정말로 만년필을 찾아냈어.

남자들이 그랬어.

"너희는 아무 데도 못 간다. 너희가 아무리 꼭꼭 숨어도 우리는 찾아낼 수 있다."

남자들이 자꾸 어디로 연락을 했어.

우리가 갈 공장이 아직 정해지지 않았나 보다 했어.

그리고 배가 왔다고 했어.

남자들이 우리에게 군복을 나누어 주었어. 말린 담뱃잎으로 만든 것 같은.

우리에게 군복으로 갈아입으라고 했어.

남자들이 우리에게 종이하고 연필을 나누어 주며 자신들이 부르는 대로 받아 적으라고 했어.

나는 소학교 4학년까지 다녀서 글씨를 쓸 줄 알았어.

글씨를 쓸 줄 모르는 여자애들은 멀뚱히 들여다보기만 했어. 누런 종이가 먼 산인 듯.

여자가 공부를 많이 하면 간이 커진다고 학교에 보내지 않던 시절이었어.

무사히 잘 도착했습니다.

몸 성히 잘 있습니다.

다시 편지할 테니 답장은 마세요.

쓰고 나서야 고향 집으로 보내는 편지라는 걸 알았
어.

남자들이 종이를 거두어 글자들을 살폈어.

자신들이 불러주는 대로 썼는지 보려고,

다른 말이라도 썼는지.

집에 가고 싶다는 말, 보고 싶다는 말, 아직 공장이
아니라는 말이라도…….

남자들이 얼굴 사진을 나누어 주며 편지 봉투 속에
넣으라고 했어.

남자들이 편지들을 거두어 갔어.

보내는 곳 주소는 없고 받는 곳 주소만 있는 편지
들을,

죽은 새들인 듯 날려 보냈어.

21

나는 머리카락 빠지는 거 싫어.

아름답고 싶었어,
나를 잃고.
나무는 그냥 서 있기만 해도 아름다운데.

아름다워지고 싶을 때마다 죽은 얼굴에 화장化粧하
는 것 같았어.
조금 있으면 땅속에 묻힐 얼굴에.

나는 사랑을 못 해봤어.

시시한 사랑 말고 죽고 못 사는 사랑.

사랑이라는 말을 입에 담아본 적 없어, 일생을…….

37년을 내 옆에 그림자처럼 있었던 사람에게도 그
말을 안 했어, 못 했어.
끝까지,
사랑이라는 걸 모르고 살았어.

못 견디게 보고 싶은 게 뭐야?
죽을 만큼 보고 싶은 게.

사랑은 내게 그 냄새도 맡아본 적 없는 과일이야.
빛깔도 본 적 없는.

그래서 너는 사랑을 알아?

너는 너,
나는 나.

그래도 네 얼굴이 보고 싶어.

내가 나를 사랑하는지 모르겠어…….

나 자신을 사랑할 수 없었어, 내 운명을.

나를 사랑하고 싶지 않아.

22

엄마는 앞에 서 있고. 아버지는 뒤에 서 있고.
아버지가 딸들 중 나를 가장 예뻐했어.

아버지가 말을 안 해.

아버지가 나는 검정 고무신을 사주고, 내 아래 여
동생은 꽃고무신을 사주었어.
동생 꽃고무신에 자꾸 눈길이 갔어, 탐이 났어.
내가 머슴 사는 아저씨에게 말했어.
"아저씨, 소 몰고 가는 데 나도 따라가면 안 돼요?"
"그래라."

내가 어릴 때 우리 집이 잘살아서 머슴 사는 아저씨가 둘이나 있었어.

양산 내 고향 마을에 낙동강 하구 둑이 있어. 둑에 물이 많이 고이면 수문을 열어 흘려보냈어.

아저씨가 풀밭에 말뚝을 박고 소를 매놓고는 논에 일하러 가며 내게 일렀어.

"복동아, 소 잘 봐라."

유황덩이 같은 태양, 치맛자락을 잡아당기는 바람, 발목을 간질이는 풀.

땅 조각들처럼 흩어져 풀을 뜯는 소들.

소똥 마르는 냄새가 바람에 실려 다녔어.

풀밭을 더듬어 모난 돌을 찾아 들었어.

말뚝에 감아놓은 고삐를 그 돌로 내리쳤어.

계속 내리쳤어, 고삐가 끊어질 때까지.

내 발에 신긴 검정 고무신을 벗어 들었어. 둑으로 달려가 팔을 쳐들고 고무신을 던졌어.

소 엉덩이를 손바닥으로 탁 때리며 말했어.

"집에 가자!"

소가 영리해. 제 집을 귀신같이 찾아가.

저 혼자 마당으로 들어서는 소를 보고 아버지가 놀

라 눈이 휘둥그레졌어.

조금 뒤 내가 흙투성이 발로 뒤따라 들어가며 그랬어.

"고삐 끊고 도망가는 소를 잡으려다 고무신이 물에 빠졌어요."

그 소리를 들은 큰언니가 갈고리를 장대에 묶더니 말했어.

"복동아, 고무신 찾으러 가자!"

장대 들고 마당을 나서는 큰언니를 따라 둑으로 갔어.

"복동아, 고무신이 어디쯤에 빠졌니?"

"저—기!"

내가 고무신을 던진 곳에서 멀찍이 떨어진 곳을 손으로 짚어 보였어.

갈고리로 둑 바닥을 아무리 긁어도 고무신이 걸려 들지 않았어.

다음 날 아버지가 내게 꽃고무신을 사다 주었어. 내가 꽃고무신이 갖고 싶어 꾀를 쓴 걸 알고도.

누가 예쁜 옷을 입고 있으면 엄마를 졸랐어.

"엄마, 나도 저런 옷 입고 싶다."

"아이고 또 시작이다."

그러면서도 엄마가 옷감을 구해다 옷을 지어주었어.

내가 여덟 살 때 아버지가 돌아가셨어. 소학교 입학원서 받고 사흘 동안 학교를 못 갔어. 아버지 장례 치르느라고.

아버지가 돌아가시며 엄마에게 말했어.

"우리 복동이는 어떻게든 공부시켜 사람을 만들게. 우리 복동이가 보통 애가 아니다."

엄마가 약속을 못 지켰어.

23

내가 어디로 가는지 몰랐어,
어디에 있는지도.

새장 속 날개 잘린 새처럼
군인들이 데리고 다니는 데로 끌려다녔어.
트럭에 실려, 배에 실려,
하루 종일, 몇 날 며칠을……
가는 데마다 처음 보는 나무들이 있었어.
고향에서는 먹어보지 못한 열매들이 나무들에 매
달려 있었어.

군인들에게 물었어. 군인들 말고는 물을 데가 없었어.

"여기가 어디예요?"

하늘을 올려다보고는 했어, 땅을 내려다보고는 했어.
하늘과 땅,
그 사이에 내가 있었어.

이제는,

눈을 잃고.
먼 땅, 먼 땅에서……

내가 내게 물어.

"복동아, 너 어디 있어?"

말을 안 해,

내가 말을 안 해.
숭고함은 나를 들여다보는 거라는데.

멀고 먼 곳에,
홀로 떠 있는 그녀.

높이도 없이.

"복동아, 너 어디 있어?"

그녀의 손가락들,
손톱들,
파종을 기다리는 씨앗 같은.

"복동아, 너 어디 있어?"

낮이 가장 긴 날.

눈물로, 눈물로.

거기 가서야 알았어.

군복 만드는 공장이 아니라 군인 받는 공장이라는
걸.

24

다시 배를 탔어. 그때도 밤에.

우리가 타는 배는 밤에만 떠났어.

그 배에도 짐이 그득 실려 있었어. 그리고 안에 구
멍이 뚫려 있었어. 철 계단이 걸쳐져 있고.

군복을 입고 계단을 내려갔어.

배 바닥에 게다 신은 발이 닿을 때까지.

얼마나 갔을까.

광동이라고 했어.

포장 친 군용 트럭이 기다리고 있다 배에서 내린
우리를 싣고 병원 같은 곳으로 데리고 갔어.

그곳 어느 방에서였어.

군의관이 내게 아래옷을 전부 벗으라고 했어.

내가 버티고 서 있자 막무가내로 벗겼어.

양철 덩어리가 내 아래로 쑥 들어오는 순간 그곳에서 번개가 치는 것 같았어.

내게 무슨 일이 벌어지고 있는지 몰랐어.

그저 무서웠어.

병원에서 나와 한참을 걸어갔어. 커다란 집이 나올 때까지.

그곳에 여자가 열 명쯤 있었어.

집 복판을 가로지르는 복도를 따라 방들이 있었어.

서른 개는 되는 방마다 번호가 매겨져 있고 이름표가 붙어 있었어.

방과 방을 합판으로 나누어 놓았어.

그곳까지 우리를 데려간 남자들이 방마다 여자애들을 집어넣었어.

합판으로 짠 침대에 걸터앉아 쉬고 있는데 군의관이 들어왔어.

방에서 뛰쳐나와 덤불 속에 숨었어.

군의관이 쫓아와 나를 일으켜 세우고는 내 양 볼을

때렸어.

군의관이 나를 방으로 끌고 갔어.

그리고 내 아래서 피가 났어.

아침에 방에서 나와 세면실로 가니까 나하고 같이 배 타고 온 여자애 둘이 울면서 피 묻은 옷가지를 빨고 있었어.

난간에 빨래를 널며 내가 말했어.

"우리 죽자!"

다른 여자애가 말했어.

"죽자!"

또 다른 여자애가 말했어.

"그래, 죽자!"

여자애 셋이 같이 죽으려고 방에 모여 앉았어.

막상 죽으려니 셋 다 뭘 먹어야 죽는지 몰랐어.

한 여자애가 그랬어.

"술도 되게 마시면 죽는다더라."

두 여자애는 돈이 없고 나는 있었어. 엄마가 꾸깃꾸깃 뭉쳐 내 치마 안주머니에 넣어준 1원이.

그곳에서 청소 일을 하던 중국 여자가 있었어. 그

여자에게 1원을 주면서 손짓, 몸짓으로 술 마시는 시
늉을 해 보였어.

여자가 가만히 쳐다보더니 가버렸어.

조금 뒤 됫병짜리 배갈하고 물이 담긴 큰 양동이를
들고 나타났어.

여자가 그것들을 내 방에 넣어주고는 배갈 한 모금
마시고, 물 한 모금 마시라는 시늉을 해 보였어.

배갈을 한 모금 마셨는데 목이 떨어져 나가는 줄
알았어. 양동이 속 물을 마셔 가라앉히고 또 한 모금
마셨어.

여자애 셋이 병을 돌려가며 너 한 모금 나 한 모금,
병이 바닥날 때까지 마시고 쓰러졌어.

그리고 사흘 만에 깨어났어.

대동아전쟁이라는 말을 군인 받는 공장에 가서야
들었어.

그게 무슨 말인지 몰랐어.

군인들이 트럭을 타고 왔어.

군인을 하루에 열다섯 명 정도 받았어.

토요일, 일요일에는 50명 넘게 받았어.

일요일에는 아침 여덟 시부터 저녁 다섯 시까지 군인들이 왔어.

저녁을 먹고 있으면 장교들이 어스름을 망토처럼 두르고 왔어.

밤늦게 온 장교가 새벽까지 가지 않으면 잠을 못 잤어.

침대에 올라서면 합판 너머로 옆방이 다 내려다보였어.

옆방에서 나는 소리가 다 들렸어, 숨소리까지.

그곳에서는 부끄러움도 없고,

아무것도 없었어.

병이 나면 방문 이름표에 빨간 딱지가 붙었어.

군인들은 그곳을 구락부라고 불렀어. 고아구락부라고 쓴 팻말이 대문에 붙어 있었어.

구락부 뜻이 사교장이라는 것은 알겠는데, 고아가 무슨 뜻인지는 모르겠어.

25. 소식

그녀 손에 들린 털스웨터.

내 먼눈에는 자주색이네…….

요새도 이런 옷을 파네.
불그스레하고 까맣고 한 것은 보여…….

불그레하고 까만 건 자주.

내 몸에 어울리는 옷은 내가 가장 잘 알아.
장롱 속에 내 옷들이 있어.

내가 지금 입고 있는 블라우스는 30년 되었어.

언니가 입고 있었는데 좋아 보였어.

"그 옷 나 주라."

언니가 싫다 소리 안 하고 벗어 내게 주었어.

편해서 이 블라우스만 입게 돼.

옷 살 때 기분이 좋아.

예쁜 옷 입는 거 좋아해.

내가 어려서부터 옷 욕심이 있었어.

머리에 핀 꽂는 것도 좋아해.

향수 뿌리는 것도 좋아하는데 아프고부터는 안 뿌려.

안경도 새로 맞추어야 하는데…….

군인들이 옷을 한 보따리 가져다주고는 했어.

민가에서 약탈한 옷들이었어.

언니들과 옷을 나누어 입었어.

언니들 중 누가 예쁜 옷을 입고 있으면 내 눈길이 자꾸만 갔어.

"이 옷이 맘에 드니?"

"예뻐요."

그럼 옷을 벗어 내게 주었어.

언니들이 나를 귀여워했어.

아침에 안 보이는 언니가 있으면 방에 찾아갔어. 아파서 누워 있기라도 하면 내가 밥을 챙겨주었어.

여자들 중 내가 가장 어렸어. 가장 촌뜨기였어, 가장 바보였어.

군인들이 미싱을 가져다주어서 옷을 지어 입기도 했어. 민가에서 약탈한 미싱.

오늘 돌아가셨다지…….

그이는 끝까지 이름을 못 밝혔다지.

끝까지 자식들 생각하느라.

끝까지 이름 없이…….

과거가 자식들 얼굴에 먹칠할까봐.

할머니 하나가 떠난 날,

나는 털스웨터를 선물 받고.

"잘 보내드려……."

그녀는 블라우스 위에 털스웨터를 입는다. 죽은 이가 선물로 남기고 간 옷인 듯 한없이 주저하며…….

✦ 일본군 '위안부' 김 모. 2018년 2월 14일 88세의 나이로 별세.

26

부끄러움도,

아무것도 없는 곳에서,

화장이라는 걸 처음 했어.

화장품도 군인들이 가져다주었어.

　머리에 바르는 기름을 얼굴에 발랐어. 내 얼굴이 번쩍번쩍하니까 언니들이 그랬어.

　"얼굴에 뭘 바른 거야?"

　"어머나, 머릿기름을 발랐구나. 얼른 씻어라."

　언니들이 내 얼굴에 화장을 해주었어.

웃음이 났어.

화장한 얼굴이 내 얼굴이 아니어서.

가루분, 물분, 연지, 루주.

물분은 손바닥에 덜어 손가락으로 찍어서 썼어.

물분을 도포하듯 얼굴 전체에 바르고, 그 위에 가
루분을 발랐어.

연지는 붓으로 찍어서 볼에 발랐어.

루주는 연한 것도, 짙은 것도 있었어. 나는 연한 걸
주로 발랐어.

목까지 하얗게 물분을 바르고 앉아 있는 나를 보
고,

군인들이 웃었어.

인도네시아에 있을 때 불파마라는 걸 했어.

가네무라 후쿠코.

군인들이 나를 그렇게 불렀어.

소장 계급장을 단 군인이 내게 그 이름을 지어주었어.

가네かね는 돈.

무라むら는 마을.

후쿠코ふくこ는 행복하게 사는 아이.

돈 많은 마을의 행복하게 사는 아이라는 뜻이어서 였을까.

그 이름이 싫지 않았어.

다른 군인들이 지어준 이름도 몇 개 있었는데 그 이름을 가장 오래 썼어.

군인들이 약탈한 패물을 한 보따리 우리에게 가져다주기도 했어.

장교 하나가 일선에서 돌아와 선물이라면서 내게 반지를 주었어.

그걸 한동안 손가락에 끼고 다니다 친구 반지하고 바꾸었어.

똬리를 튼 뱀 모양의 금반지가 근사해 보였어.

그런데 알고 보니 친구하고 바꾼 반지에 박혀 있던 보석이 다이아였어.

아깝다는 생각이 안 들었어.

다이아가 뭔지 몰랐어.

다이아가 뭔지 알았어도 아깝다는 생각이 안 들었을 거야.

다이아반지를 팔아 술하고 과일을 사 먹었어.

군인들이 수병에 정종 같은 술을 넣어 가지고 와 우리와 나누어 마시기도 했어.

조선 노래를 가르쳐달라고 조르는 군인들도 있었어.

군인이라고 다 나쁘지는 않았어.

부모 형제 떠나온 건 군인들이나 조선 여자들이나 마찬가지였어.

어떤 군인은 쉬라며 그냥 앉아 있다 갔어. 어떤 군인은 담배를 주고 가고.

조금만 맘에 안 들어도 주먹질을 하는 사나운 군인도 있었어.

내게 고약하게 구는 군인들이 있으면 언니들이 그랬어.

"걱정하지 마라. 우리가 따돌릴게."

군인 받는 공장에서 도망갈 생각 같은 건 못 했어.

말도 모르고, 길도 몰랐어.

밖이 더 무서웠어.

총소리가 수시로 들렸어.

폭격기가 날아오는 소리도.

우리에게는 그곳이 가장 안전한 곳이었어.

27

전쟁이 나쁘지, 전쟁이 무섭지.

폭격기가 하늘을 새카맣게 뒤덮으며 날아왔어,
웅— 소리가 20리 밖에까지 들렸어.

수마트라에서였을까, 자바에서였을까.
하루는 군인들이 우리 여자들에게 밖으로 나오라
고 했어.
좋은 구경거리가 있다며.
광장처럼 너른 곳에 말 네 마리가 서 있었어. 중국
남자 하나하고.

밀정이라고 했어.

일본 군인들이 중국 남자의 양팔과 양다리를 동아줄 같은 것으로 묶어 말에 연결했어.

말들 머리가 나침반 속 동서남북처럼 다른 방향을 향했어.

군인들이 채찍으로 말들을 내리쳤어.

흥분한 말들이 날뛰며 내달리는 순간 나는 눈을 감고 고개를 돌렸어.

귀에 들려오는 비명 소리는 어쩔 수 없었어.

처음부터 끝까지 눈을 뜨고 있던 여자애가 그랬어.

사람이 네 갈래로 갈라졌다고.

28

얼굴이 안 보여,
얼굴들이…….

얼굴이 보이면 무슨 걱정이겠어.

통도사에 백련암이 있어. 만일염불을 하는 곳.
만 일萬日 동안 극락왕생을 비는 수행이 만일염불이
야.
만 일이면 햇수로 30년.
인간이 세상에 태어나 시집, 장가를 가고도 남을
시간.

백련암 마당에 나이를 헤아리지 못할 만큼 오래된 은행나무가 있어.

경허 스님도, 만해 스님도, 성철 스님도 백련암에서 수행을 했대.

백련암 뒷마당에 석등을 세웠어. 다대포 떠나오기 전에.

사월 초파일마다 석등에 불이 들어와, 좋은 날에도.

만인의 눈을 밝게 하라는 소망이 석등 불빛에 담겨 있어.

극락왕생은 꽃이 피는 자리로 가는 거야, 잎이 피는 자리로 가는 거야.

내 몸이 먼지로 사라지고,

내 몸이 머물렀던 자리에도 꽃이 필까.

수십 년이 흘러, 수백 년이, 수천 년이……

오래되었어.

내 눈이 흰빛 덩어리가 되어가고 있대.

만인의 눈을 밝히는 빛이 되라고,
내 눈이 흰빛 덩어리가 되어가고 있나봐.

29

"소식 없어?"

내가 싸우고 있어…….

지쳤어.

금방 끝날 줄 알았어.

참으로, 기다리고 기다렸어…….

30

사람들이 몰려왔어.

철 지난 바닷가를 찾은 행락객들처럼 목소리들에
쓸쓸함이 묻어 있었어.

사람들이 놀다 떠난 자리에 화분이 덩그러니 놓여
있었어.

솔솔 솟아오르는 향으로 천리향인 걸 알았어.

꽃이 핀 걸 알았어.

따뜻한 방바닥에 놓아두니까 향이 솟아나네.

그 향이 천 리를 가 천리향이라고 해.

만리향은 만 리를 가고.
나는 향이 짙은 꽃이 좋아.

화분은 온데간데없고 그녀 혼자 우두커니 앉아 있
다.

생화보다 조화가 좋아.
땅에 심긴 꽃은 그래도 괜찮지만 화분에 심긴 꽃은
싫어.
나는 꽃이 지는 게 싫어.

31

새벽 다섯 시.

욕실 전구 불빛 아래서,

그녀는 한 생生을 벗듯 옷을 벗는다.

타일 바닥에 웅크리고 앉아 발 앞으로 세숫대야를 끌어당긴다.

나는 매일 몸을 씻어, 남들이 잠에서 깨어나기 전에.

머리부터 발끝까지.

오이비누 향이 좋지. 며칠 멀리 갈 일이 있으면 오

이비누를 꼭 챙겨가.

나는 나를 모르지만 내 몸은 잘 알아.

내 몸은 내 손만 씻길 수 있어.
다른 손이 씻기는 건 싫어.

누가 내 몸을 보는 것도 싫어.

질 안에 손가락을 넣으면 배꼽 같은 게 만져져.
나는 질 안에까지 손가락을 넣어서 씻어.
군인 받는 공장에서 그렇게 씻었어, 붉은 소독약
물로.
위생병들이 그렇게 씻으라고 알려주었어.
아흔 살이 넘어서야 배꼽 같은 게 없어졌어.

꿈에 또 엄마가 보였어…….

32

어느 날 아침,
군인들이 트럭을 몰고 왔어.
우리에게 보따리를 싸라고 했어.
다시 배를 탔어.
그때도 밤에.

홍콩이라고 했어.
군인들이 광동에서 있었던 집하고 비슷한 집으로
우리를 데리고 갔어.
옷장에 옷들이 그대로 걸려 있었어. 살림살이도 고
스란히 있었어.

그곳에 살던 사람들만 어디로 떠나고 없었어.

그 집 근처에 옷가게가 있었어. 가게 안에 새 옷들이 그대로 걸려 있었어.

군인들이 우리에게 마음에 드는 옷을 가지라고 했어.

홍콩에서 석 달쯤 있었을까,

군인들이 또 트럭을 몰고 왔어.

우리에게 또 보따리를 싸라고 했어.

광동, 홍콩, 수마트라, 자바, 말레이시아, 싱가포르…….

보따리 하나 들고 군인들에게 끌려다녔어.

우리가 군인들을 따라다닌 적은 없어.

가는 데마다 고아구락부라고 쓴 팻말이 있었어.

그리고 부산에서부터 우리를 데리고 간 일본 남자와 조선 남자가 있었어.

수마트라였을까, 말레이시아였을까…….

빈집 다섯 채가 모여 있었어, 집집마다 피아노가
있고.

이 집에 며칠 있고, 저 집에 며칠 있고.

집을 바꾸어가면서 군인들을 받았어.

우리를 그곳까지 데려간 남자가 말했어.

"일본이 전쟁에서 이기면 너희에게 집을 한 채씩
주겠다."

일본이 전쟁에서 이기기를 바랐어.

집이 갖고 싶어서가 아니라,

그래야 집에 돌아갈 수 있는 줄 알고.

33

자바에 있을 때였어.

군인들이 또 트럭을 몰고 왔어.

우리에게 보따리를 싸라고 했어.

짐짝을 잔뜩 실은 트럭 짐칸에 올랐어.

보따리를 끌어안고 짐짝들 위에 걸터앉았어.

트럭이 쥐떼 같은 먼지를 일으키며 내달렸어.

핏빛 하늘이, 검은 땅이 우리를 따라왔어.

출렁이던 트럭이 한순간 날아올랐다 떨어졌어. 그 순간 나도 함께 날아올랐다 떨어졌어.

짐짝에 허술하게 박혀 있던 못이 튀어올라 내 엉덩이를 깊숙이 찔러왔어.

피를 무섭게 흘렸어.

그때 입은 상처가 아직도 내 몸에 남아 있어.

34

  말레이시아에 있을 때는 산 너머 군부대로 출장을 가기도 했어.

  그곳 산은 높지 않고 비스듬하니 길고 깊었어.

  여자 여남은 명이 함께 갔어.

  총을 든 군인들이 우리 앞에도, 뒤에도 있었어.

  군인들이 천막으로 임시 위안소를 만들고 우리를 기다렸어.

  합판으로 짠, 관棺 같은 곳에 들어가 군인을 받았어.

  개구리처럼 두 다리를 오그리고 군인을 받았어.

  아침부터 저녁까지.

군인들이 천막을 들추고 소리치고는 했어.

빨리빨리!

저녁이 되면 두 다리가 콘크리트 기둥처럼 굳어서 펴지지 않았어.

그날도 산 너머 군부대를 찾아갔어.

하늘을 찌를 듯 웃자란 나무들, 눈 코 입이 지워진 얼굴 같은 거미줄,

썩은 웅덩이 냄새······.

나뭇잎들과 가지들 사이로 총알이 날아왔어.

여자 하나가 몸에 총알을 맞고 쓰러졌어.

죽어 오도 가도 못하는 여자를 그 자리에 묻어주었어.

새들이 숨어서 울었어.

여자 하나는 약을 먹고 죽었어.

죽지 않은 여자들이 장례를 치러주었어.

35

하늘이 안 보여,
땅이 안 보여.
한없이 흘러가는 것 같아…… 바다 밑을.

암이 오고 집이 가장 갖고 싶어.

나는 집이 없어,
밤마다 집을 지어.
집을 짓고, 부수고, 짓고, 부수고…….
다들 잠든 시간에.
내가 지은 집들은 봄날 나비와 같아, 날아가버

려…… 내가 그 안으로 발을 들여놓으려고 하면.

벽돌 한 장 없이 지은 집이어서.

어제도 집을 짓고, 부수고, 짓고, 부수고…… 시계를 보니 새벽 세 시.

그래도 잠이 안 와서 집을 짓고, 부수고, 짓고, 부수고…… 시계를 보니 새벽 다섯 시.

요새는 밤마다 그림이 보여…….

그림 여러 점이 영화처럼 펼쳐져.

지옥도가.

통도사에서 지옥도를 보았어.

사람들이 가마 속 펄펄 끓는 물속에서 고통스러워하고 있어, 가마 밑에서는 불길이 타오르고.

뱀 구덩이 속에서 허우적거리는 사람들도 있어.

그 사람들은 어쩌다 지옥에 떨어졌을까.

그 사람들을 붙들고 물어보고 싶어.

너는 전생에 무슨 죄를 지었어?

죄를 지을까봐 겁나…….

죄는 업보가 되어 돌아오니까. 지금 생이 아니면 다음 생에라도.

죄를 짓고도 몰라……

사람만 그래.

착하게 살고 죄 짓지 마라. 죄 지으면 저승 가 지옥에 들어간다.

이게 내가 아는 부처님 설법이야.

전생에 나는 어쩌자고 제비 새끼들을 죽였을까.

제비가 집에 새끼 일곱 마리를 소복이 낳아놓았어. 내가 빗자루로 제비 집을 쓸어 떨어뜨렸어. 제비 새끼 일곱 마리를 죽였어.✦

『전생록』을 가진 할아버지가 그랬어.

그래서 그 벌로 내가 쫓겨났어.

먼 땅, 먼 땅으로……

✦ 김복동은 전생에 자신이 살생한 존재를 한 번은 자식들로, 또 한 번은 제비 새끼들로 기억하고 있다.

36

병아리색 이불을 손으로 하염없이 쓰다듬으며,

지옥에도 자비가 있을까.

(울며) 혼자 울어…….

나는 혼자 울어…….

  조금 있으면 내 생일이야…… 생일날은 기쁘기보
다 찌릿찌릿해…….
  서글퍼…….

엄마 생각도 나고.

다대포 앞바다에서 횟집 할 때 문 닫고 혼자 술 한
잔 마시며 울고는 했어.

목이 메…… 내 신세가 어쩌다 이렇게 되었나 싶
어…… 내가 살아온 세월이 기막혀…….

마음 놓고 투정 부릴 데가 없어…… 내 말에 아무
힘이 없는 것 같아…….

요새는 담배가 한 대 피우고 싶어…….

군인에게 담배를 배웠어, 열여섯 살 때.

군인이 같이 피우자며 내게 담배를 주었어.

처음 한 모금 빨고 내가 어지러워하니까 냉수를 마
시라고 했어.

자랑 삼아 담배를 피웠어. 언니들이 담배 피우는
모습이 멋있어 보였어.

잎담배를 신문지에 말아 피우기도 했어. 잎담배가
독해.

담배 안 피우는 군인들이 배급 받은 담배를 가져다
주기도 했어.

짐승들도 태몽을 꿀까.

나는 거의 매일 밤 꿈을 꿔, 삼라만상이 꿈으로 펼쳐져.

태몽은 한 번도 못 꾸었어.

자식을 달라고 독신각에 관세음보살님을 모셨는데도.

태몽 비슷한 꿈은 꾸었을까.

관세음보살님을 마지막으로 보러 간 게 언제인지 기억도 안 나.

보고 싶은 마음 같은 거 없어.

원망스러워…….

내가 좋아하는 거…….

춤추는 거 좋아했는데 술 끊고 싫어졌어.

다대포에 살 때 바닷가에서 낮술을 마시고 춤을 추었어.

낮술은 백일몽이야.

술은 주로 혼자 마셨어. 횟집 할 때 그날 장사 끝내고.

소주, 유리컵, 사발 속 보리차, 모기향 연기.

먼 파도 소리.

방 안에서 저 혼자 떠들고 있는 티브이.

소주를 유리컵에 따라 마셨어.

소주 한 모금 마시고, 보리차 한 모금 마시고.

그리고 담배.

나는 행복이 뭔지 몰라.

봄, 여름, 가을, 겨울…… 계절이 흐르는 곳에 사는데도 나이를 까먹고는 했어.

나이를 세줄 엄마도 돌아가시고 없는데.

어느 날 자고 일어나니까 양산댁이 양산할매가 되어 있었어.

친구나 마찬가지이던 술을 여든세 살에 끊었어.

술을 끊고 사는 재미가 더 없어졌어.

37

옷은 두 벌 챙겼어.

제비꽃색 원피스하고 배꽃색 블라우스.

제비꽃색 원피스는 의상실에서 맞추었어. 내가 천
을 골랐어.

제비꽃색은 입으면 흐르는 물처럼 몸에 감겨.

빛이 내 먼눈을 통과하는 게 느껴져……

프리즘을 통과하듯.

죽음은 두렵지 않아,

죄를 지을까 두렵지.

나 갈 때…… 잘 가라고 손이나 흔들어줘…….

선녀들이 가마 가지고 와서 나를 데리고 갈 거야.
무지개 타고 천상으로 올라갈 거야.

그냥 화장火葬해 산에 가서 날려줘.
물에 뿌리면 물귀신 되니까.

바람 불 때 훨훨 날려줘…….

저승에 가 삼신할미가 되고 싶어.
자식 못 낳아 공들이는 여자들에게 아기를 하나씩
점지해주고 싶어.

하늘 아래,
나를 엄마라고 불러줄 아이 하나 없었어.

38

갑자기 군인들이 오지 않았어.

부산서부터 우리를 끌고 다니던 남자들도 어디로
가버리고 없었어.

우리 여자들끼리 밥해 먹으며 지내고 있는데 군인
들이 빨간 십자가가 그려진 트럭을 몰고 왔어.

군인들이 우리에게 옷만 챙겨 트럭에 오르라고 했
어. 다른 건 다 버리고.

일본이 패망하고 조선이 해방된 줄 몰랐어.

얼마나 갔을까.

큰 병원 앞에서 트럭이 섰어.

마당에 빈 막사가 세 개 쳐져 있었어.

싱가포르 제10육군병원이었어.

나 같은 여자들이 그곳에 3백 명 정도 와 있었어.

군의관들이 우리에게 간호 훈련을 시켰어. 나이 든 여자들은 주방 일 거들고.

아침 여덟 시부터 훈련을 받았어.

군인들이 부상당한 군인을 숨겨놓고 호루라기를 불면 우리가 들것을 들고 다니며 찾았어. 상처 나고 부러진 곳을 치료하거나 붕대로 감고 들것에 실어 날랐어.

호박에 주사를 놓았어.

피 묻은 군복과 수건을 삶아 빨았어.

군의관이 우리 여자들 몸에서 피를 뽑았어. 피가 모자란 군인들에게 주려고.

내 몸에서도 피를 뽑았어.

한 번에 너무 많이 뽑아서 개똥벌레 불빛 같은 게 눈앞에서 날아다녔어.

머리가 빙글빙글 돌아 못 일어나니까 군의관이 포도당 20cc를 놓아주었어.

어느 날 조선이 해방되었다는 소리가 들려왔어.

하늘에서 삐라가 막 쏟아졌어.

내 얼굴로도.

하루는 조선인 남자가 제10육군병원으로 나를 찾아왔어.

처음 보는 남자였어. 겁이 났어, 남자가 나를 끌고 갈까봐.

죽으나 사나 일본 군인들 옆에 꼭 붙어 있으려고 했어. 그래야 조선으로 돌아갈 수 있는 줄 알고.

떨고 있는 내게 남자가 사진을 한 장 내밀었어.

대만에서 찍은 사진이었어. 고향 집에 보내는 편지와 함께 부친.

이종 언니 남편이었어.

처음 보는 이종 형부를 붙잡고 울었어, 통곡했어.

그이는 부산이 고향으로 어부였어.

대동아전쟁이 나고 전 재산인 배를 일본 군인들에게 빼앗겼어.

군속이 되어 남양 군도로 가게 되었다는 소식을 듣고 엄마가 그이를 찾아왔다고 했어.

엄마가 내 사진을 그이에게 주면서 그랬대.

"내 딸이 남양으로 간 것 같으니 거기 가면 수소문 해보게. 살았는지, 죽었는지는 알아야 할 것 아닌가. 내 딸이 살아 있으면 꼭 찾아서 데려오게."

그래서 나를 찾으려고 조선 여자가 있다는 곳은 다 뒤지고 다녔다고 했어.

싱가포르에서 해방을 맞은 그이는 미군 포로수용 소에서 지내고 있었어.

이종 형부가 나를 미군 포로수용소로 데려가겠다 고 하니까 제10육군병원 원장이 말했어.

"갈 사람은 가고, 나를 따라 일본으로 나갈 사람은 남아라. 일본에서 산파 기술을 배우면 나중에 조선에 나가 그 기술로 먹고살 수 있다."

며칠 뒤 미군 트럭이 왔어.

나하고 여자들 몇이 그 트럭을 타고 미군 포로수용 소로 갔어.

끝까지 일본 군인들을 못 떠난 여자들은 어떻게 되 었을까. 산파 기술이라도 배워 고향에 돌아가려고.

제10육군병원을 떠나올 때 그곳 주방 반장이던 일본 사람에게 내가 갖고 있던 반지와 목걸이를 전부 주었어. 일본에 돌아가면 팔아서 가족하고 먹고살라고. 일본 사람이었지만 내게 고맙게 했어. 일본 사람이라고 다 나쁘지 않았어. 고향이 고베라고 했어. 나보다 열 살쯤 더 먹었고.

내가 생리통이 심해 힘들어하면 그 사람이 진통제를 놔주었어. 미군 포로수용소로 떠나는 내게 진통제하고 감기약을 한 꾸러미 챙겨주기도 했어.

미군 포로수용소에 사람이 천 명은 있었어.

그곳에서 흑인을 처음 봤어.

축사처럼 기다란 건물에서 남자는 남자들끼리, 여자는 여자들끼리 지냈어.

부부도 있었어. 하루에 한 번 면회를 시켜주어서 그때만 만났어. 견우와 직녀처럼.

미군들이 우리에게 담요를 한 장씩 나누어 주었어. 새벽에 서늘하면 담요를 덮었어.

미군들이 날마다 보따리를 조사하고 다녔어. 보따리 속에 돈 될 만한 게 있으면 가져갔어.

내게 일본 장교에게 받은 은시계가 있었어. 그것도 미군들이 보따리를 조사하며 가져갔어.

그곳에서는 일본 말을 못 쓰게 했어. 일본 말을 쓰면 벌금으로 50전을 내야 했어.

하루에 두 번, 아침하고 저녁에 옥수수 가루하고 밀가루를 섞어서 쑨 죽을 주었어. 군인들이 죽이 든 통을 들고 다니며 양은그릇 같은 것에 한 국자씩 덜어주었어.

어떤 여자가 저녁에 배급 받은 죽을 먹지 않고 머리맡에 모셔두었어. 아침에 먹으려고 보니까 죽에 벌레가 들끓었어.

굶주림이 눈을 멀게 했는지 그 여자가 죽을 아무렇지 않은 듯 먹었어.

어느 날 조선 사람들이 술렁거렸어.

"배가 왔대요!"

"배요?"

"우리를 조선까지 태우고 갈 배요!"

사람들이 보따리를 꾸렸어.

배가 있다는 바다까지 걸어갔어.

한나절을 꼬박.

"배가 없어!"

"아아, 배가 없어!"

사람들이 바다 앞에 주저앉아 탄식했어.

한나절을 걸어 미군 포로수용소로 되돌아왔어.

그러기를 몇 번을 했어.

"배가 왔대요!"

몇 번을 속고도 사람들이 배를 타려고 한나절을 걸어갔어.

"배다!"

"배가 왔어!"

섬처럼 큰 배가 바다에 떠 있었어.

"마지막 귀국선이래요!"

"저 배를 못 타면 고향에 못 간대요."

조선으로 가는 배라 조선 사람만 그 배에 탈 수 있다고 했어.

배가 너무 멀리 있었어.

작은 배를 타고 나가 큰 배로 옮겨 탔어.

처음으로, 밤이 아니라 낮에 배를 타고 떠났어.

배가 몇 달을 갔어.

가다가다 해안가에 정박해 조선 사람들을 태웠어.

바닷물을 떠 밥을 해 먹었어.

배에 죽어가는 사람이 있었어. 죽더라도 고향 땅에서 죽겠다고 해서 배에 태웠어.

그런데 고향 땅에서 죽지 못했어, 배에서 죽었어.

배가 부산 제2부두 앞바다에 도착했을 때 태풍이 불었어.

사람들이 배 위로 올라갔어.

비가 흩뿌리고, 파도가 사방에서 벽처럼 일어섰어.

태풍이 잦아들고 부산 제2부두가 저 앞인데 배에서 못 내렸어. 배에서 죽은 사람이 혹시나 콜레라로 죽었을까봐.

고기 잡는 통통배들이 배 근처를 지나다녔어.

이종 형부가 편지를 써서 깡통에 매달아 지나가는 통통배에 내려보냈어.

아침부터 밤까지 이종 형부하고 갑판에 나가 지나가는 통통배들을 살폈어.

통통배 주인이 편지를 이종 형부 집에 전해주었어.

이종 오빠하고 이종 언니가 통통배를 타고 왔어. 말소리가 잘 들리지 않아서 서로를 향해 손짓, 발짓을 하며 울었어. 이튿날 이종 오빠하고 이종 언니가 밥, 김치, 고추장 같은 먹을 걸 줄에 매달아 배 위로 올려보내주었어. 사람들과 그것들을 나누어 먹었어.

도착한 지 보름쯤 지나서야 사람들을 배에서 내려주었어.

부두에 발을 내딛자마자 지우개 같은 흰 소독약 가루에 삼켜졌다 토해졌어.

창고 같은 곳에서 보따리 검사할 때 조금 가지고 있던 군표를 전부 내놓았어. 쓰지도 못할 그것들이 아깝지 않았어.

검사하는 남자가 내게 물었어.

"고향이 어디요?"

"양산이에요."

남자가 내게 돈 100원과 양산까지 가는 버스표를 주었어.

창고 같은 곳에서 나가니까 엄마가 나를 기다리고 있었어.

흰 한복을 입고.

엄마 손에 두부가 한 모 들려 있었어,

엄마가 울고 있었어.

엄마 얼굴도, 내 얼굴도 변해 있었어.

엄마가 내게 두부를 내밀었어.

"먹어라……."

두부를 받아 입으로 가져갔어.

먹을 수가 없었어.

목구멍에서 울음이 터져 나와서.

돌아올 때 까만 원피스를 입고 있었어.

발에는 까만 구두를 신고.

제10육군병원에 있을 때 여자들하고 구두를 맞추어 신었어, 하얀 샌들도.

한 여자가 하얀 샌들을 신고 복도를 걸어가는데 그 소리가 듣기 좋았어. 차작차작 차작차작…….

그 소리에 반해 여자들이 다 같이 샌들을 맞추었어. 군인 받는 공장에 있을 때 군인들에게 조금씩 받아 모은 돈으로.

내 손에 들린 보따리 속에 치마저고리가 그대로 들

어 있었어.

7년 전 집 떠날 때 입었던 치마저고리를 항상 보따리 속에 넣어 가지고 다녔어. 버리지 않았어, 버릴 수가 없었어.

치마저고리를 다시 입지는 못했어, 작아서 입을 수가 없었어.

내 몸이 큰 것인지, 치마저고리가 작아진 것인지.

군인 받는 공장에서 내 몸이 자라는 걸 못 느꼈어.

입던 옷이 작아져서 못 입게 되었을 때도.

그곳에서는 한 가지만 생각했어.

오늘은 어떻게 날까, 그 생각만.

그곳에는 오늘만 있었어, 군인들하고.

엄마가 치마저고리를 없앴어, 나 모르게.

쓰다 남은 화장품, 약, 군인 받는 공장에서 입었던 옷도 몇 벌 보따리 속에 들어 있었어.

엄마 따라 양산 고향 집으로 돌아왔어.

버스 타고.

내 친구 요시코와 미에코도 그 버스에 타고 있었어.

작별 인사를 하려는 내게 친구들이 물었어.

"우리 너 따라가도 되니?"

그래서 내가 물었어.

"너희 고향 집에 안 가고?"

"고향 집에 어떻게 가니."

"몇 년 동안 감감무소식이다 돈 한 푼 없이 빈손으로 나타나면 누가 반가워한다고 고향 집에 가니."

요시코하고 미에코는 고향 집에 가고 싶어 하지 않았어.

하나는 고향이 통영. 또 하나는 어디라고 했는데 잊어버렸어.

버스 안에서 아무 말도 안 했어.

엄마도, 나도.

이종 형부는 알고 있었어.

일본 군인을 받는 공장에 있었다는 걸 알고도, 엄마에게 내가 간호부였다고 말했어.

내 친언니들도 나를 찾으려고 일본 곳곳을 돌아다녔다고 했어. 오사카, 시모노세키…… 공장이라는 공장은 다 찾아다녔다고.

큰언니는 일본에 징용 간 남자에게 시집가 일본에 살고 있었어. 둘째, 셋째 언니도. 조선서는 총각을 구하기가 어려워서.

39

　고향에 돌아왔더니 농사철이었어.

　엄마 젖을 먹던 막내는 소녀가 되어 있고, 내 바로 아래 여동생은 시집가고.

　구장, 반장은 해방되자마자 도망가고 고향에 없었어.

　엄마는 농사일로 바빴어. 나도 농사일 거드느라 정신이 없었어.

　한 달쯤 우리 집에서 지냈을까,

　친구들이 내게 말했어.

　"우리는 부산으로 가야겠다."

　"고향 집으로 안 가고?"

"부산에 먼저 가보고……."

엄마가 친구들에게 여비를 해주었어.

　나도 집에 있기가 고달팠어,

죽어서라도 돌아오고 싶던 집이었는데.

　일본에 살던 언니들이 남편하고 아이들을 주렁주렁 달고 돌아와 집이 잔칫집처럼 시끄럽고 북적거렸어.

　몸이 퉁퉁 부었어. 아랫배하고 허리가 끊어질 듯 아팠어.

　집에서 잠을 잘 수 없었어.

　춘추원사에 요양하러 들어갔어.

　초로의 스님이 달여주는 약을 먹으며 부처님께 기도드렸어.

　그동안 엄마가 언니들을 내보냈어.

　춘추원사에서 내려와 집에 돌아오니까 엄마가 시집가라고 성화였어.

　나 시집가는 게 소원이라고 했어.

"엄마, 나 시집 못 간다."

"왜, 나이가 찼으면 시집을 가야지."

그때만 해도 스물두 살이면 노처녀였어.

"내가 말할 수 없는 사정이 있다."

"다른 사람에게는 말 못 해도 엄마에게는 말해라."

"내가 간 데가 공장이 아니더라, 군인 받는 공장이더라."

내 이야기를 듣고 엄마가 통곡했어.

그런 데가 세상 어디에 있느냐고 했어, 그런 일을 당하고 사람이 어떻게 살아 나올 수가 있느냐고.

"죽어서 조상님들 얼굴을 어떻게 본다니…… 너를 그런 데로 끌고 가는 줄 알았으면 내 목숨을 바쳐서라도 못 보낸다고 할걸."

40

부산 다대포에 셋째 언니가 살았어.

셋째 언니네 집에 다녀오려고 부산에 갔다가 여자
를 만났어.

미군 포로수용소에 함께 있었던 여자, 함께 귀국선
타고 나온.

내가 여자에게 물었어.

"요시코하고 미에코가 어디 있는지 아니?"

여자가 말했어.

"남포동에 있는 것 같더라."

부산 남포동이 유곽이었어.

친구들을 만나려고 그곳에 갔더니 여자들이 다 있

었어. 미군 포로수용소에 함께 있었던 여자들이, 함께 귀국선 타고 나온 여자들이.

내 친구도 그곳에 있었어.

화장을 하고,

흔들리는 불빛 속에 서 있었어.

내가 친구에게 물었어.

"너 여기서 뭐 하니?"

"배운 게 도둑질이라고 별수 있니?"

친구에게 고향 집에 돌아가라는 말을 차마 못 했어.

그때 헤어지고 그 친구를 다시는 못 만났어.

그날 이후 남포동에 다시는 발길을 하지 않았어.

친구들을 찾지 않았어.

요시코와 미에코는 나중에라도 고향 집에 돌아갔을까.

묻고 싶어도 물을 데가 없었어.

친구들 소식을 물을 데가.

남포동 흔들리는 불빛 속에 서 있던 친구가 요시코였는지, 미에코였는지 기억 안 나.

내 친구 요시코는 어디에 있을까?

미에코는?

　서로 소식을 모르고 수십 년이 흘렀어.

　미군 포로수용소에서 함께 있었던 여자*를 만났어, 함께 귀국선 타고 나온.

　그 여자가 먼저 나를 알아보았어.

　그 여자가 그랬어.

　귀국선에서 내려 창고 같은 곳에서 보따리 검사 받을 때 4백 엔을 빼앗겼다고.

　보따리 속에 5백 엔이 있었는데 검사하는 사람이 백 엔만 돌려주었다고.

　그 여자가 그랬어.

　"나도 남포동으로 흘러들었어."

　그 여자도 고향 집에 갈 용기가 나지 않았다고 했어. 돈 벌어 돌아가려 했다고 했어.

　그러다 남포동 거리에서 우연히 고향 사람을 만났다고 했어. 그가 용케도 그녀를 알아보고는 아버지 소식을 전해주었다고 했어.

✦ 일본군 '위안부' 최순남(1919~1999). 경남 합천 출생.

"네 아버지가 얼마 전에 돌아가셨다."

그제야 고향 집에 갔더니 엄마가 아무 말도 않고 울기만 하더래. 동생들이 굶고 있고.

그래서 돈을 벌려고 다시 부산으로 나왔다고 했어.

동생들 먹여 살리려고 악착같이 돈을 벌었다고 했어.

음력 정월 열사흗날 엄마가 돌아가셨다는 소식을 들었다고 했어.

늙어 그 여자는 개 두 마리를 자식 삼아 키우며 살고 있다고 했어.

점점 말라 몸무게가 32킬로그램밖에 나가지 않는다고 했어.

사람이 두렵다고 했어,

사람 만나는 게.

나는 개도, 고양이도 키운 적 없어.

돼지를 친 적은 있어.

닭도.

먹고살려고.

돼지는 30여 마리 쳤어. 새끼까지 합하면 100여 마리.

닭은 3천 수.

병아리 3천 마리를 사다가 키웠어.

닭치는 게 사람 눈 빼는 일이야.

중간쯤 키워 약닭으로 팔려고 했는데 닭값이 폭락했어.

돼지는 전염병이 돌아서 전부 죽고.

"그이는 어떻게 되었어? 싱가포르 미군 포로수용소에 나하고 같이 있었던 이 말이야…… 나하고 함께 배 타고 나온……."

"죽었어?"

"언제?"

내가 가는 데마다 안개가 자욱이 껴.

병원에 갔더니 백내장이래.

안개 때문에 밖에 나가기가 겁나.
밖에 나가면 안개가 더 짙어져.
나갔다 넘어지기라도 하면 큰일이니까.
안개 때문에 미장원에도 혼자 못 가.

안개가 점점 짙어져…….

얼굴이 안 보이니까 목소리로 사람을 알아봐.

수술하려고 했더니 눈이 아예 멀 수도 있대.
내가 젊을 때도 밤눈이 어두웠어.

오늘은 하늘이 보고 싶네.

동물은 땅만 보고도 살지.
인간은 땅도 보고, 하늘도 보아야 살고.

41

군인들에게 끌려다닐 때,
나는 나를 찾지 않았어.
해방되고 다들 나를 찾을 때도,
나만 나를 찾지 않았어.

나 없이 살았어, 나 없이…….

평소와 다를 것 없는 아침이었어.
눈을 떴더니 내가 예순두 살이었어.
까만 원피스에 까만 구두를 신고 집에 돌아왔을 때
스물두 살이었는데.

엄마는 돌아가시고,
내 옆에 아무도 없었어.

내가 나를 찾으려고 하니까 큰언니가 말렸어. 조카
들 생각해서라도 제발 가만히 있으라고 했어.
　그래도 나를 찾고 싶었어.
　예순두 살에 나를 찾으려고 신고⁺했어.
　신고하고 큰언니가 발을 끊었어.
　우리 아버지, 엄마 제사 지내주는 조카들까지.

나를 찾고,
더 쓸쓸해졌어.

"오사카에 지진이 났어?"⁺⁺

사람이 많이 다쳤어?

내가 도움 줄 게 없을까?

1995년에 오사카에 갔어.

그곳 역사박물관에 들렀다 우연히 사진을 한 장 발견했어.

'일본의 간호부들'이라는 설명 아래 간호복 입은 여자들 사진들이 걸려 있었어.

그 속에 낯익은 여자 얼굴이 있었어.

"저 여자, 나 아니야?"

내가 사진 하나를 손으로 짚어 보였어. 사람들이 그 사진 속 얼굴과 내 얼굴을 번갈아 바라보았어.

다들 사진 속 여자가 내가 틀림없다고 했어.

싱가포르 제10육군병원에서 간호복 입고 찍은 사진이었어.

내가 까맣게 잊고 있던 사진이 오사카 역사박물관에 걸려 있었어. 일본의 간호부 사진들과 함께.

그리고 몇 년이 흘렀어.

✦ 1991년 9월 18일 '정신대 신고전화'가 개설되었다. 김복동은 1992년 1월 17일 정신대 신고를 했다.
✦✦ 2018년 6월 18일 일본 오사카에 5.9 지진이 발생했다.

내 사진을 찾으려고 했지만 그럴 수 없었어.

그새 박물관에서 어디로 치워버려서.

42

전쟁터에서 살아 돌아왔더니 전쟁이 났어.

피난민들이 우리 마을까지 흘러들었어. 떼로 아무 집에나 들어가 부엌이라도 좋으니 재워만 달라고 사정했어.

마을 인심이 흉흉하고 사나웠어.

우리 집에도 피난민들이 찾아왔어.

엄마가 피난민들에게 집을 내주었어.

엄마가 불쌍하다며 가마솥에 밥을 한 솥 지어 그들을 먹였어.

그런데 떠나며 숟가락과 그릇들을 가져갔어.

전쟁 통에 백두산 호랑이로 불리는 이가 양산 경찰 서장으로 내려왔어.

경찰들이 마을들을 돌아다니며 사람들을 트럭에 실었어. 논에서 피 뽑던 사람을, 밭에서 쟁기질하던 사람을, 들판에서 소 꼴 베던 사람을, 산에서 나무하던 사람을……

사람들 양손을 새끼줄로 묶고 산으로 데리고 올라갔어.

산에서 새벽부터 저녁까지 총소리가 들렸어.

벌건 대낮에도 경찰들이 사람들을 트럭에 한가득 싣고 어딘가로 떠났어.

양산읍에서 부산 구포읍으로 넘어가는 고개가 있어. 구포읍 쪽으로 조금 내려가면 조그만 마을이 나와. 경찰들이 그 마을 남자들을 전부 끌고 갔어. 그날 그 마을 여자들은 다 같이 과부가 되었어. 그 마을에서는 지금도 한날 제사를 지내. 남자들이 한날 죽어서.

양산 읍내 네거리에서도 경찰들이 사람들을 총으로 쏴 죽였어.

양산에 사배재라는 고개가 있어. 그 고개를 넘어가

면 부산이야. 조선시대 과거시험을 보러 가는 선비들도, 사신들도, 봇짐장수들도 그 고개를 넘어 다녔어.

사배재에서도 경찰들이 구덩이를 파놓고 사람들을 총으로 쏴 죽였어.

부산에서도 사람을 많이 실어다 죽였어.

나도 사람들이 트럭에 실려 가는 걸 봤어. 젊은 사람들이었어. 여자도 있었어.

전쟁 때 내 고향 사람들을 죽인 건 인민군들이 아니라 경찰들이었어.

자신이 태어나고 자란 땅에서 농사짓고, 소 치고 살던 사람들을 빨갱이로 몰아 죽였어.

그렇게 많은 사람이 죽었는데도 하늘이 멀쩡한 게 이상했어,

검게 문드러지지 않고 파란 게.

43

아무에게도 말하지 못한 비밀.
나 자신에게도.

"진짜 날 사랑했어."

싫었어.
누가 날 사랑하는 게, 나는 싫었어.

사랑.

복숭아 같은 그 말을 아흔세 살이 돼서야 내 입에

담네.

　죽기 전에…….

44

엄마 소원은 내가 시집가는 거.
"네가 시집가야 내가 죽어도 마음 놓고 죽을 수 있다."

여자 혼자 장사하고 돌아다니니까 못살게 구는 남자들이 많았어.
스물세 살 때 의령이 고향인 남자를 만났어. 이혼한 남자였어. 딸이 하나 있는데 어머니가 키우고 있다고 했어.
총각을 만나 시집갈 생각은 꿈에도 못 했어.
트럭 운전수였어. 나보다 아홉 살 많고.

내가 거짓말을 했어.

일본에서 공장에 다녔다고, 한 번 결혼했다 실패했다고.

남자가 잘생겼어.

남자 못난 건 내가 안 하지.

의령에 한 번도 못 가봤어.

진짜 날 사랑했어.

술도 못 마시고 말도 별로 없었어.

날 너무 좋아하니까 싫었어.

날 여보라고 불렀어.

내게 한 번도 화낸 적 없어, 큰소리 낸 적도.

내 과거를 모르고,

내게 늘 미안해했어.

내 소원은 자식 하나 낳는 거.

새벽마다 찬물로 목욕하고 절에 가 불공을 드렸어.

군인 받는 공장에서 보름에 한 번꼴로 맞았던 606호 주사가 불임 주사였던 걸 모르고.

스무 살이 되기도 전에 내 몸이 아기를 가질 수 없

는 몸이 되었다는 걸 모르고.

위생병들이 내 몸에 606호 주사를 놓았어. 그게 무슨 주사인 줄 몰랐어. 1호, 2호, 3호, 4호, 5호, 6호. 그렇게 여섯 번을 맞아야 해서 606호 주사인 줄 알았어.

1960년대 말 양산 쪽에 경부고속도로를 놓는 공사가 한창일 때, ㅎ산업 인부들을 따라다니며 함바집을 했어.

인부들이 밥을 달아놓고 먹으며 일주일 치 밥값을 한꺼번에 냈어.

30명이 넘는 인부들 밥을 혼자 했어.

사람 입이 열 개면 입맛도 열 개.

손가락이 부르터서 손에 붕대를 감고 밥을 했어.

밀린 밥값을 떼먹고 달아나는 인부들이 더러 있었어.

그래도 음식 만드는 게 즐거웠어. 고되다는 생각을 못 했어.

진짜 날 사랑해주는 남자도 있고.

그러다 ㅎ산업이 망했어.

나도 같이 망했어.

먹고살 길이 막막해 다대포로 내려갔어.

셋째 언니가 다대포에서 횟집을 하고 있었어. 언니네 횟집을 사람들이 '장림집'이라고 불렀어. 형부가 장림 사람이라서.

언니는 자기 횟집에 와서 일하라고 하는데 내가 싫다고 했어.

횟집들을 돌아다니며 음식 만드는 걸 배웠어. 함바집 음식하고 횟집 음식은 다르니까.

처음부터 다시.

초고추장 만드는 것도 배우고,

회 뜨는 것도 배우고.

다대포 해수욕장 어귀에 횟집들이 모여 있었어. 그중에 구멍가게하고 살림집 딸린 횟집을 샀어.

무허가로 지은 거라 건물값만 주었어.

가게 밖에 평상을 네다섯 개 내놓고 장사를 했어.

피서철이 되면 해수욕하려는 사람들이 몰려들었어.

음식 만드느라 삼복더위에도 불 앞을 떠나지 못했어.

돈이 얼마나 잘 벌리는지 솥에 돈을 모았어.

저녁 일곱 시가 되면 파라솔을 접고 횟집 문을 닫았어.

내 횟집을 사람들이 '양산집'이라고 했어. 내가 양산에서 왔다고.

더워 목이 타들어가도 아이스크림 하나를 못 먹었어, 아까워서.

그러면서도 굶고 다니는 사람이 보이면 얼른 국수를 삶아 한 대접 먹여 보냈어.

그래야 내 마음이 편했어.

겨울에는 손님이 없었어. 여름 한 철 벌어 겨울을 났어.

돈이 한창 잘 벌릴 때 언니들이 나를 찾아와서 그랬어.

"돈 벌어서 뭐할래, 나 좀 주라. 너는 아무도 없지 않니."

"너는 아무도 없지 않니."

그 말,

그 말이 나를 아무도 없는 사람으로 만들었어.

말이 무서워.

45

오늘은 이 세상이 싫어.

말하고 싶지 않아.

말은 시작은 있어도 끝이 없어.

바람처럼.

46

말이 업이 돼.

말로 짓는 업은 구업口業.

「천수경」도 입을 깨끗이 해달라는 기도로 시작하지.

입으로 지은 악업惡業을 깨끗이 해달라는 기도로.

그래야 그 입에서 나오는 기도가 깨끗할 테니까.

추워…….

사람이 이렇게 죽는가봐…….

얼굴에서 땀이 나…… 숨구멍이 전부 막히는 것 같아.

겁이 나…….

언제 올지 모르지…….

언제 올지 몰라…….

엄마 제사가 신경 쓰여. 내가 모실 수 없으니까, 딸이라서.

엄마가 살아 계실 때는 내가 모실 수 있었어, 딸이어도.

엄마가 여든두 살에 돌아가셨어. 그때 내 나이가 쉰아홉 살.

엄마하고 끝까지 같이 살지 못했어. 장사하느라 바빠서…….

딸만 여섯이라 아버지가 작은아버지 아들을 양자로 들였어.

아버지 돌아가시고 작은엄마가 아들을 도로 데려

갔어.

양자로 들였던 오빠가 아버지, 엄마 제사를 지내주었어.

그 오빠가 죽고 그 아들이 제사를 받아서 지내고 있어.

아버지, 엄마 제사를 절에 모시고 싶었어. 두 분이 극락세계로 가게 해달라고 부처님께 빌어드리고 싶었어.

부모님 제사를 절에 모시자고 하니까 조카가 펄쩍 뛰었어. 자신이 큰할아버지, 큰할머니 제사를 모시는 복으로 이만큼 살고 있는데 무슨 소리냐고.

자식 없는 사람 제사를 지내주면 복을 받는대.

엄마는 자신이 입고 갈 수의도 손수 지었어.

윤달이 든 해 윤달에 삼베를 떠다가.

수의는 날을 가려가며 지어.

수의를 지을 때는 매듭을 짓지 않고 실을 길게 늘어뜨려야 해.

수의에는 주머니도 달지 않지.

모시로 수의를 지으면 자손들 머리와 눈썹이 하얗

게 세서 그것으로는 수의를 짓지 않는대.

제사 때 제삿밥 드시러 오다가 발이 미끄러지면 안
되니까 명주로도.

엄마는 자신이 지은 수의를 집에서 가장 높은 데
올려두었어.

내 수의도 저 위에 있어.

10년도 더 전에 베 장사를 크게 하는 사람이 선물
로 해주었어.

자식이 수의를 미리 지어드리면 부모님이 장수한
다지.

수의는 먼―옷이야.

먼 곳으로 가면서 입는 옷이라.

내 눈은 먼―눈.

먼 곳을 바라보느라 먼눈이 되었을까.

47

내 눈에 아직 빛이 있어?

빛이 꺼지지 않았어?

만인의 눈을 밝히기 전에 그 빛이 꺼지면 안 되는 데…….

(어떤 목소리)
여자들이 길에서 참새 새끼에게 튀김 부스러기를 주고 있었어요.

몇 밤 자고 나면 할머니 소리를 들을 만큼 나이 든

여자들이었어요.

한순간 참새 새끼가 날아올라 열 시 방향으로 날아
갔어요.

5미터쯤 곧장 날아가다 도로 한복판에 뚝 떨어졌
어요.

신호가 바뀌고,

좌회전 신호를 받은 차가 낫 모양의 곡선을 그리며
지나갔어요.

차바퀴가 참새 새끼를 비켜 갔어요.

여자들이 꿀 먹은 벙어리가 되어 참새 새끼를 지켜
보았어요.

참새 새끼가 날아오를 새도 없이 차 두 대가 지나
갔어요.

한 여자가 말했어요.

"참새가 납작코가 되었네!"

그곳에 여자가 여섯 명이나 있었지만 아무도 참새
새끼를 구해주지 못했어요.

참새는 점점 더 납작코가 되어갔어요.

나는 가던 길을 걸어갔어요.

어디로 가는 중이었는지도 모르면서 가던 길을 계

속 걸어갔어요.

48

죽을 해,

죽을 운수.

내가 열아홉 살 되던 해.

엄마가 점쟁이를 찾아가 점을 보았는데 내가 죽을 해, 죽을 운수라고 하더래.

"네 딸이 위험한 데 있다. 네 딸 목숨이 아슬아슬하다."

엄마가 어떻게 해야 하냐고 하니까 점쟁이가 그러더래.

"짚으로 말 일곱 마리를 만들어 네 딸에게 보내라."

엄마가 그 길로 춘추원사를 찾아갔대.

스님과 짚으로 말 일곱 마리를 만들고 염불을 드렸대.

내게 가서 귀신과 싸우라고.

밤낮도 없이 사흘 내내 염불을 드리고 난 뒤 말 일곱 마리를 불에 태웠대.

짚으로 만든 말 일곱 마리가 내게 왔어, 싸우러 왔어.

그해 내가 죽었다 살아났어.

의식을 잃을 정도로 열이 올랐어.

콜레라인 줄 알고 군의관이 나를 병막에 넣으려고 했어.

병막에 들어가면 죽어서 나왔어.

언니들이 아닐 거라고 며칠 더 데리고 있어보자고 말렸어.

내가 죽어가며 꿈을 꾸었어.

안개 자욱한 소나무 숲에 길이 나 있었어.

그 길을 걸어가니까 큰 대문이 나왔어.

마당 너머 마루에 아버지가 앉아 있었어. 책을 앞에 펼쳐놓고.

아버지가 나를 보고는 말했어.

"복동이 너 여기는 왜 왔니?"

"아버지……."

"여봐라, 저 아일 당장 내쫓아라."

머슴처럼 보이는 남자들이 나를 대문 밖으로 끌어냈어, 대문을 잠갔어.

오솔길이 보였어. 양옆으로 장미가 무더기무더기 피어 있었어.

오솔길 끝에 이르자 도랑이 흘렀어.

줄기가 휘어진 나무가 도랑 이쪽하고 저쪽에 위태롭게 걸쳐져 있었어.

내가 도랑을 건너려고 나무로 발을 내디뎠어.

서너 발짝 내디뎠을까, 그만 발이 미끄러져 도랑으로 풍덩 빠졌어.

그리고 깨어났어.

언니들이 나를 둘러싸고 울고 있어.

"살았다!"

열이 내리고 얼굴에서 팥처럼 붉고 동글동글한 반

점이 올라왔어. 홍진이었어.

아버지가 저승에서 죽은 사람이 오면 이름 적는 일을 하고 있었어.

49

그리고 다시,
먼 땅, 먼 땅으로…….

내가 싸우고 있어…….

믿을 데가 없어…….

의지할 데가 없어…….

죽을 복.

자다가 고통 없이 죽는 거…… 그거 하나 바라……
몸이 너무 고달프니까…… 정신이 나가 허우적거리
는 병이 올까봐 두려워…….

내 나이 아흔셋…… 전생에 지은 업보는 다 치른
것 같아…….

업보를 짓고 싶지 않아, 마음으로도.

아무도 미워하고 싶지 않아,
아무도 원망하고 싶지 않아.

금방 끝날 줄 알았어…….

용서하고 떠나고 싶어.

번개처럼,

한순간.

50

이종 형부가 내게는 은인이지.

싱가포르에서 살아 돌아와 서로 한 부모 밑에서 난 형제처럼 지냈어.

한국전쟁 때 헤어졌어.

그리고 세월이 흘렀어.

허우적허우적 헤매고 사느라 그이 생각을 못 했어.

먹고살 만해지니까 생각이 났어.

부산 영도에서 살고 있다고 했어. 그때 나는 다대 포에 살고 있었어.

다대포에서 영도까지 차로 한 시간 남짓.

장사하느라 바빠서 영도에 못 가봤어.

그리고 또 세월이 흘렀어. 양산댁이 양산할매가 될 만큼.

더 늦기 전에 그이를 만나고 싶었어. 고맙다는 말을 하고 싶었어.

만날 수 없었어.

그이가 이 세상에 없어서.

언제 세상을 떠났는지는 나도 몰라. 죽었다는 소식만 전해 들었어.

그이에게 아들이 하나 있다고 들었어.

그 아들은 아마 살아 있을 거야.

51

엄마가 만든 식혜가 먹고 싶네.

옥고시도.

송기떡도.

내가 어릴 때 먹을 게 없어 사람들이 소나무 껍질을 뜯어다 떡을 해 먹었어.

소나무 껍질 속 하얀 걸 긁어서 솥에 넣고 푹 삶아, 벌게질 때까지. 며칠 물에 넣고 쓴맛하고 냄새를 우려내. 베보자기에 넣고 꼭 짜면 쑥색이 돌아. 그걸 절구통에 넣고 찧어. 밀가루나 쌀가루를 섞어 반죽해 납작납작하게 빚어 시루에 찌면 쫄깃하니 맛있어.

나는 오리고기를 못 먹어.
수돼지고기도.

회는 전어회가 맛있지.
숭어회도 맛있어.

나는 생갈치를 넣고 김치를 담그곤 했어.

내가 술도 담글 줄 아는데…….
엄마는 농주를 잘 담갔어.

52

"너는 아무도 없지 않니."

그 말이 나를 아무도 없는 사람으로 살게 했어.
나 자신도.

큰언니는 발을 끊고.
나는 큰언니가 벗어주고 간 블라우스를 입고.

꿈에 언니들도 간혹 나와…….
내가 언니들보고 그래, 나타나지 말라고…….

언니들이 나를 보고 달아나.

53

엄마에게 묻고 싶어.

"엄마, 내가 몇 살이야?"

사람들은 내가 엄마를 닮았다는데,
나는 모르겠어.
내가 집 떠나고,
엄마가 새벽마다 기도했대. 내가 돌아올 때까지.
세상 모든 엄마는 비는 사람이야, 기도하는 사람이
야.

"엄마, 내가 몇 살이야?"

아버지가 돌아가시고,
엄마 혼자 딸 여섯을 키웠어.
엄마가 똥통을 머리에 이고 다니며 밭에 거름을 주
었어.
넓적한 호박잎을 머리에 쓰고 그 위에 똥통을 이었
어.
똥통에서 기어 나온 구더기가 엄마 얼굴로 똑 똑
떨어졌어.
참새가 떨어뜨려주고 간 먹이처럼.
엄마가 마늘밭에도 똥지게를 지고 올라갔어.
주먹만 한 마늘이 열렸어.

마을에 초상이 나면 엄마가 삼베로 상제들 입을 옷
을 지어주었어.
마을에서 삼베상복을 지을 줄 아는 여자가 엄마 하
나였어.
삼베상복은 부모가 자식에게 마지막으로 주고 가
는 선물이라지.

마을 사람들이 큰상을 차릴 일이 있어도 엄마를 불렀어.

최명덕이 엄마 이름이야.

우리 엄마 사진이 어디 있을 텐데…….

염주알이 108개인 염주를 목에 걸고
먼 곳을 바라보던 엄마 얼굴이 떠올라.
돌에 새긴 것 같은 그 얼굴이,
표정을 빚는 근육이라고는 없는.

염주알 하나에 번뇌 하나.

나도 바느질로 옷을 지을 수 있어.
바느질로 동생들 옷을 지어주기도 했어.
엄마에게 바느질을 배웠어.
엄마는 외할머니에게 바느질을 배우고.
외할아버지가 비단 장사꾼이었어.
비단 실은 달구지를 끌고 사배재를 넘어오다 마적
단을 만났어. 비단을 다 빼앗기고 죽임을 당했어.

내가 살아 돌아왔을 때 엄마가 논 열 마지기 가지고 있었어.

엄마하고 농사를 짓기도 했어.

내가 아침에 나가면 엄마가 저녁에 나가고,

엄마가 아침에 나가면 내가 저녁에 나가고.

논 한 마지기에 나락이 한 섬씩 나왔어.

나락이 열 섬이면 쌀은 다섯 섬.

그거 팔아 비료값 내고, 타작값 내고 나면 남는 돈이 없었어.

그래서 부산에 농산물 팔러 다녔어.

쌀, 고추, 콩, 팥, 녹두…… 할머니들이 한 되, 두 되 파는 거 사 모아서.

부산 동래시장에 5일마다 장이 섰어.

마을 사람 몇이 소 구루마를 빌렸어.

구루마에 농산물을 잔뜩 싣고, 사람들은 구루마 뒤를 따라 걸어갔어.

양산에서 동래로 가려면 사배재를 넘어가야 했어.

사배재 올라가기 전에 주막이 있었어.

주막 앞에 이르면 소가 딱 멈추어 섰어.

네발로 버티고 서서 아무리 잡아끌어도 꿈쩍하지

않았어.

구루마 주인이 주막에서 됫병짜리 막걸리를 사서
소 입에 물려줬어.

소가 꿀꺽꿀꺽 잘도 마셨어.

얼근하게 취해 고개를 *끄덕끄덕* 흔들며 사배재를
올라갔어.

장이 파하고, 양산으로 돌아올 때는 구루마를 타고
왔어.

술 한 잔씩 먹으면서,

노래도 부르면서.

노을이 번져오는 하늘을 보면 생각이 났어. 광동,
홍콩, 수마트라, 자바…… 그곳에 내가 아직도 있는
것 같았어, 가부키 배우처럼 목까지 하얗게 물분을
바르고.

주막에 이르면 소가 또 딱 멈추어 섰어.

구루마 주인이 됫병짜리 막걸리를 사서 소 입에 물
려주었어.

소가 그걸 먹고는 고개를 *끄덕끄덕* 흔들며 마을까
지 잘도 갔어.

그리고 한국전쟁이 났어.

소가 막걸리를 마시고 기분이 좋아져서는 고개를 끄덕끄덕 흔들며 올라가던 그 고개에서 사람들이 죽었어.

총소리에 새들이 널을 뛰듯 날아올랐어, 나무들도.

내가 보따리 장사도 했어.

검정 고무신, 흰 고무신, 월남치마, 몸뻬…….

통도사 아래 언양까지 장사하러 다녔어.

장날 길바닥에 물건들을 늘어놓고 팔았어.

집집을 돌아다니며 팔기도 했어.

사람들이 그랬어. 내가 파는 물건이 싼 데다 질이 좋다고.

장사해 번 돈을 전부 엄마에게 주었어.

엄마는 그 돈을 다른 딸들에게 나누어 주고.

나는 돈을 벌기만 했어, 가지려고 하지 않았어.

갖지도 않을 돈을 많이 벌게 해달라고 부처님께 빌었어.

신평으로, 언양으로 머리에 보따리 이고 돌아다닐 때,

여자들이 밥때가 되면 그냥 보내지 않고 밥을 먹여 보냈어.

그래서 배를 곯지 않았어.

54

빛도, 바람도 없는 곳에,
새도 울지 않는 곳에,
그림이 두 점.

『전생록』을 가진 할아버지가 내게 그림 한 점을 더
보여주었어.

아주 큰 기와집이 있어. 마당에 나무가 한 그루 있
고.
무슨 나무인지는 모르겠어.
나무 꼭대기에 씨가 달려 있어.

씨 하나가.

기와집 마당에 나락 섬이 세 덩어리 수북이 쌓여 있어.

그리고 높은 마루 위에 나이 지긋한 여자가 홀로 앉아 있어.

할아버지가 그랬어, 그림 속 여자가 나라고.

가시밭길을 헤매는 여자는 젊은 시절의 나,

큰 기와집 마루에 홀로 앉아 있는 여자는 나이 들어서 나.

할아버지가 그랬어.

내가 예순 살 넘어서는 마당에 곡식 나락이 수북이 쌓여 있는 큰 기와집 마루에 앉아 있을 거라고.

그런데 나무에 씨가 하나라 남편도, 자식도 없을 거라고.

나무에 씨가 하나.

나도 하나.

나 하나.

다리가 아무 감각이 없어…… 나무토막 같아……
다리가 없는 것 같아…… 목욕을 했더니.

다 같이 살고 싶어…….
밭도 일구고, 논을 사서 벼농사도 짓고…….
그런 공상을 할 때는 죽음이 멀리 달아나.

공상이 내 친구야.
날마다 혼자 자야 하니까, 공상을 친구로 만들었어.
공상이라는 친구는 나를 가르치려고 하지 않아.

내가 아무리 오래 산다고 해도 2, 3년 더 살 수 있
을까…….

55

귀가 가려워⋯⋯ 미치게 가려워⋯⋯.

배에서 열이 나⋯⋯.

겁이 나⋯⋯ 내가 모르고 지은 죄가 있을까봐.

몇 명 남았어?

할머니가 몇 명이나 남았어?

스물아홉 명*이면 많이 남았네⋯⋯.

수마트라······ 수마트라·······.

군인들에게 물었어.
"여기가 어디예요?"
"수마트라······."
수마트라가 무슨 말인지도 모르면서 외우고 외웠
어.
내가 어디에 와 있는지 잊지 않으려고.

그곳에는 여름만 있었어. 모기가 거미만 했어.
그때 습관이 들어서 겨울에도 모기향을 피워.
나는 벌레가 무서워.

내가 남 아프게 한 거 있으면 태풍이 와서 다 쓸어
가버려라······ 빌고 빌어·······.

말로라도,
눈빛으로라도,

✦ 2018년 4월 일본군 '위안부' 생존자 수.

남 아프게 한 거 있으면.

56

역사를 알고 싶어.

우리 집 역사.

내 역사.

밤에 잠 안 와…… 밤에 잠을 못 자니까 낮에 자꾸 잠이 와…….

할아버지 생각이 나.

우리 집안이 망했어.

구한말 내 고조할아버지가 임금을 모시는 사람이었대. 아들이 둘 있었는데 일제에 조선이 합병될 때 자신의 목숨이 위태로워지자 하나는 밀양으로 피신 보내고, 다른 하나는 양산으로 피신 보냈대. 밀양 아이는 여섯 살, 양산 아이는 세 살.

양산으로 피신 보낸 아들이 자라서 낳은 아들이 우리 할아버지라고 했어.

할아버지는 아버지를 낳고, 아버지는 나를 낳고.

우리 집이 어쩌다 망했는지 알고 싶어.

집에 족보가 있었어.

아버지가 족보를 찢어서 방 벽에 발랐어.

아버지가 그랬어.

"족보가 뭔 쓸모가 있겠니."

아버지 손이 약손이었어.

아버지가 배앓이하는 사람 배를 손으로 몇 번 짚고 나면 싹 나았어.

사람들이 고맙다며 아버지에게 소주를 대접했어. 그 바람에 아버지가 술을 배워서 아침부터 술만 드셨어.

나중에는 술은 넘어가는데 다른 건 안 넘어갔어.

어머니가 칡을 캐다 절구에 찧어 손으로 그 즙을 짜 아버지에게 먹였어.

아버지가 돌아가시자 엄마가 삼년상을 치렀어.

나는 사상이 좀 다르지.
함바집 할 때 밥을 대놓고 먹던 인부들에게 노래를
배웠어.
혁명가라고 했어.

공중 나는 까마귀야,
시체 보고 울지 마라.
몸은 비록 죽었으나,
혁명 정신 살아 있다.

57

매미 우는 소리가 들려……
내 심장이 뛰는 소리도.

아랫배하고 다리가 너무 아파,
무릎이 으깨지는 것 같아.

나는 암을 믿지 않아.
암이 내 몸에 있다는 걸 믿지 않아, 그런 병이 내 몸에 올 리가 없어.
병도 체면이 있지 않겠어.
병이 원망스러워.

박두리*는 밀양이 고향이지만 부산에서 오래 살아서 부산 사람이나 마찬가지였어.

부산 사람을 만나면 반가워.

귀가 어두워서 말을 잘 안 하다 술이 들어가면 곧 잘 했어. 노래도 잘 부르고.

순덕이**도 좋았어.

내가 살아야 얼마나 살겠어.

끝나서,
하루라도 다리를 펴고 살고 싶어.

덕경이***, 이용녀****…… 다들 술을 맛있게 먹었어.

덕경이 그림을 잘 그렸지.

✦ 일본군'위안부' 박두리(1924-2006)
✦✦ 일본군'위안부' 이순덕(1918-2017)
✦✦✦ 일본군'위안부' 강덕경(1929-1997)
✦✦✦✦ 일본군'위안부' 이용녀(1926-2013)

너무 일찍 갔어, 병이 와서.

이용녀는 여덟 살부터 남의집살이를 했고.

(흰 가제손수건으로 눈물을 훔치며) 진실로 내게 말해
주는 사람이 없어,
　진실로.

한 엄마에게서 태어난 형제도 나를 이해 못 하는데
누가 나를 이해하겠어.
　형제도 못 믿는 내가 누구를 믿겠어.

너른 밭이 있었으면…….

내 뒤에 아무도 없어.

가시가 목에 걸리면 다른 가시 하나를 머리에 올려
놓고 김치에 밥을 싸 꼭 삼켜.

머리도 깎아야 하는데…….

58

돈이 한창 잘 벌릴 때 함께 살던 남자가 설암에 걸렸어.

그때 내 나이가 쉰두 살.

이가 다 빠지고 혀가 녹아버려서 먹지를 못했어.

염소 뼈를 사다 푹 고아 국물을 냈어.

연탄불에 무르게 밥을 짓고.

잘게 난도질한 나물들하고 밥을 양재기에 넣고 치댔어, 풀처럼 될 때까지.

그걸 둥글게 빚어 염소 뼈 곤 국물하고 남자에게 주었어.

장사는 장사대로 하고, 병수발은 병수발대로 하고.

장사해 번 돈이 전부 병원비로 들어갔어.

그래도 남자가 옆에 있는 게 의지가 되었어, 가게라도 지켜주니까.

두 번이나 쥐약을 먹으려고 했어.

마실 수 없었어.

혀가 다 녹아버려서 말도 못하는 남자를 놓고 죽으면 누가 병수발을 하나 싶었어.

그렇게 8년을 살았어.

남자가 죽었을 때 내 나이가 예순 살.

극락세계로 보내달라고 빌어주었어.

꽃 피는 자리, 잎 피는 자리로 가게 해달라고.

남자가 죽고 없는 집이 무서웠어.

집 안으로 들어가지 못하고 밖에 서 있었어.

소박맞은 여자처럼,

바다를 등에 업고 집을 바라보며 떨고 서 있었어.

횟집을 팔고 다대포 해수욕장 안쪽으로 들어갔어. 그 안에도 무허가로 지은 횟집들이 몰려 있었어. 마침 횟집 하나가 나와서 그걸 샀어.

그 횟집에 딸린 살림방이 컸어.

어느 날 남자들이 몰려와 횟집을 부수었어.

무허가로 지은 거라 아무 소리도 할 수 없었어.

먹고살려고 채소밭에 나가 일했어.

횟수를 세보니까 그 남자하고 37년을 살았어.

그런데도 평생 혼자 산 것만 같아.

평생 혼자,

나 혼자.

남자하고 나하고 둘이 찍은 사진이 어디 있을 거야.

남자 독사진은 전부 태워 없앴어. 보고 싶지 않아서.

남자에게 끝까지 비밀로 했어, 내가 어디를 다녀왔는지.

그 말을 어떻게 해.

그 말을 하면 안 되지.

남자가 살아 있었으면 신고를 못 했을 거야.

바다를 떠나오기 전까지 그 남자 제사를 지내주었어.

내가 거짓말을 한 죄로,

제삿날 물 한 그릇 떠줄 자식 하나 못 낳아준 죄로.

59

오늘은 내 생일.
엄마 생각나는 날,
슬픈 날,

내가 땅으로 쫓겨난 날…….

슬픔이 아름다운 거라네.
아름다운 거라서,
내가 평생 놓지 못하고 가지고 있었나봐.

생일에는 고마운 사람들 불러다 밥 먹이고 싶어.

엄마, 아버지, 이종 형부…….
내 친구 요시코하고 미에코도.

생일에는 최고로 잘 차려입어야지.

쌍금가락지는 오른손 무명지에 끼고,
금반지는 장지에 끼고.
목에 금목걸이도 걸고.

엄마에게 금반지를 해주었어.
쌍가락지도, 금비녀도.
엄마가 그것들을 다 내다 팔았어. 돈을 만들어 큰
언니를 주었어. 장사하는 데 보태 쓰라고.

나는 엄마에게 받은 거 없어.
1원 받았어, 집 떠날 때.
그 돈으로 먹으면 죽는 약을 사 먹으려고 했어.
그래도 엄마를 원망할 수 없어.

일어나자마자 창문을 열고,

새벽빛이 번져오는 하늘에 대고 관세음보살님을
불렀어.
관세음보살이 무슨 뜻인지 몰라.
모르면서 부르고, 불렀어.
관세음보살은 여자야, 어머니야.
암이 오고, 관세음보살님을 안 불러.
기도가 헛짓 같아서.

기도는 않지만,
착한 사람이 복을 받는다는 걸 믿어.

불경 같은 거 못 듣고 살았어. 장사해야 하니까.
장사하는 곳에는 신나는 유행가를 틀어놓아야지.

전생을 알고 나서 받아들였어, 내 운명을.
전생이 아니고는 이해할 길이 없었어.
그래도 그 속에서 목숨만은 살아 돌아왔어.
그리고 아흔세 살 생일을 맞았네.

60

하늘에서 내가 죽인 제비 새끼들은 어떻게 되었을까.

그곳에도 흙이 있어 흙에 묻어주었을까.

제비 새끼들은 뭐로 다시 태어났을까?

뭐로든 다시 태어나니까. 개미도, 닭도, 지렁이도, 하루살이도, 사람도.

납작코가 된 참새 새끼도.

61

별이 뜨지 않은 밤,
홀로 누워 있는 그녀.

지옥에도 자비가 있을 거야…….

엄마가 문밖에 서 있을 것 같아,
내게 먹일 두부를 손에 들고.
먹어라…….

엄마에게 묻고 싶어.

"엄마, 내가 몇 살이야?"

62

잊힌 메아리 같은 소리가 들려,
어디에도 가 닿지 못하는.

"복동아, 너 어디에 있어?"

아흔세 살이 되어서야 내가 나를 찾네.

삼라만상이 내 안에 있었어. 이승도, 저승도, 아비
지옥도.
관세음보살님도, 지장보살님도, 부처님도.

"복동아, 너 어디 있어?"

"요시코는?"

"미에코는?"

63. 여행

새벽 다섯 시 20분.

환하게 불 켜진 방.

은행잎이 자욱이 깔린 듯한 샛노란 장판지.
병아리들이 오글오글 모여 있는 것 같은 연노랑 이불.
분홍빛 내복을 입고 서 있는 그녀.

내 기분은 그렇지,
내 마음도.

다대포에 가보고 싶어.

애타게 가보고 싶다가도 두려워.

누가 나를 반겨줄까 싶어…….

마음이 찡해.

눈만 밝으면 겁나는 게 없을 텐데.

남자아이들이 잠자리의 날개를 찢는 것만 배웠어,

구멍 난 양말을 꿰매는 것은 못 배우고.

먼 땅, 먼 땅에서…….

자기가 악한 걸 아는 사람보다 모르는 사람이 많아.

그녀의 갈치빛 머리칼.

"옷은 두 벌 챙겼어. 제비꽃색 원피스하고 배꽃색 블라우스."

살구색 블라우스, 남색 기지바지, 흰 양말.

그녀는 하늘색 서랍장 위에 널려 있는 물건들 속에서 스킨병과 로션병을 찾아 방바닥에 내려놓는다.

그 앞에 자리를 잡고 앉는다.

스킨병 뚜껑을 열고,

스킨병을 기울여 그 입구를 손바닥에 대고 두드린다. 한 번, 두 번.

양 손바닥에 스킨을 묻혀 얼굴에, 목에, 머리에 바른다. 손등, 손바닥, 손목에도.

스킨병 뚜껑을 집어 입구로 가져간다.

뚜껑이 들어가지 않자 거꾸로 돌려 다시 입구로 가져간다.

뚜껑을 꼭 닫고 로션병을 집어 든다.

뚜껑을 열고 로션을 손에 덜어 이마부터 바른다. 눈두덩, 눈가, 볼, 턱, 목.

손가락으로 양 눈썹을 가다듬고, 양 눈가를 다독인다.

서랍장 위에서 초록색 유리병을 찾아 집어 들고 방을 나선다.

욕실 세면대 거울 앞에 서 있는 그녀.

그녀는 초록색 유리병에 든 머릿기름을 손바닥에 따르고 양 손바닥에 골고루 묻힌다.

양 손바닥으로 머리를 쓸어 넘겨가며 머릿기름을 바르고 바른다.

양 귀 뒤로 머리카락을 넘긴다. 한 올까지.

땅콩색 빗으로 머리를 빗는다.

머리 오른편에 장난감 왕관처럼 작고 빛나는 핀을 꽂는다.

그녀의 귀가 완전히 모습을 드러낸다.

귀는 꽃이야,

만萬 가지 소리를 먹고 피어나는 꽃.

꽃은 말을 못해도 꽃이야,

자기가 꽃이라는 말을 못해도.

그녀는 세숫대야 속에 땅콩색 빗을 집어넣는다.

흰 수건, 소금이 담긴 흰 플라스틱통, 분홍색 비눗 갑이 이미 세숫대야 속에 들어 있다.

그녀는 세면대 수도꼭지를 틀고 파란 비눗갑 속 오

이비누를 집어 손에 문지른다.

수도꼭지가 토하는 물에 대고 손을 씻는다.

손가락 하나하나를 씻고 또 씻는다.

수도꼭지를 틀어둔 채,

그녀는 다시 오이비누를 집어 든다. 손으로 문질러
거품을 낸다.

수도꼭지 밑으로 손을 가져간다.

손가락 하나하나를 처음부터 다시 씻는다,

손가락들이 흘러가버릴 때까지.

그녀는 세숫대야를 오른손에, 초록색 유리병을 왼
손에 들고 방으로 간다.

세숫대야 속에 스킨병과 로션병을 챙겨 넣고,

"내가 들고 갈 보따리야."

세숫대야를 흰 수건으로 덮는다.

"약을 넉넉하게 챙겨. 비가 와서 못 오면 안 되니
까."

"내 약들. 인사돌, 아로나민골드, 진통제⋯⋯."

세숫대야를 큼직한 비닐봉지에 집어넣는다.

비닐봉지 앞면에 '1963년'이라고 쓰어 있다.

하늘색 서랍장에 딸린 서랍을 열고 성냥갑 크기의 빨간 상자를 꺼낸다.

그 안의 쌍금가락지를 꺼내 왼손 무명지에 낀다.

벽장문을 여는 그녀.

벽장 속 서랍을 열고 손을 깊숙이 넣어 자개 보석 상자를 꺼낸다.

자개 상자 뚜껑 안쪽에 달린 거울에 그녀의 얼굴 조각이 담겨온다.

자개 상자에서 흰 자개 목걸이를 꺼내 목에 건다.

금반지를 꺼내 왼손 장지에 낀다.

옥팔찌를 꺼내 왼손 손목에 두른다.

자개 보석함을 닫고 서랍 깊숙이 집어넣는다.

그녀는 손가락들에 낀 금반지들이 빠지지 않게 그 것들을 다시 단단히 낀다.

"내 양말이 어디로 갔지?"

거울 앞에 앉아,
양말을 신고 있는 그녀.

그녀가 신는 흰 면양말 발목 부분에 검은 띠 두 줄
이 토성의 고리처럼 둘러져 있다.

"누가 오나?"

남색 바지를 입고,
허리 부분에 옷핀을 꽂아 바지가 흘러내리지 않게
징그며,
"허리가 줄었어."

살구색 블라우스를 입으며,
"머리가 제대로 빗어졌나?"

64

반쯤 열린 창.
마당에서 들려오는 참새 소리.

그녀가 없다.
이불 속에도, 거울 속에도.

장롱 위 액자사진 속 그녀,
통도사 백련암 뒷마당에 세운 석등을 배경으로 서
있다.

65

먼 땅, 먼 땅에서…….

제비꽃색 원피스를 입고.

사탕이라는 말이 중얼거려지네.

끝끝내,
끝내.

"내가 사랑한다는 말을 하고 떠날 수 있을까."

* 일본군'위안부' 김복동(1926년생)과의 인터뷰를 바탕으로 했음을 밝힙니다.
* 인터뷰가 진행되는 동안 김동희 선생님(전쟁과여성인권박물관 관장)이 함께하였습니다.
* 인터뷰 과정에서 윤미향·손영미·장효정·류지형 선생님의 도움이 있었습니다.
* 손영미 선생님의 석사논문 「생애사 연구법에 의한 일본군'위안부'의 삶 이해」를 참고했습니다.

홀로-여럿의 몸을
서로-여럿의 몸이 되도록 하는,
시적인 것의 자리

권명아

소식 없어?

소식 없어?

『숭고함은 나를 들여다보는 거야』는 묻는 소설이다. 소설에는 묻는 이야기, 묻었던 경험, 묻어버린 나에 대한 질문이 한꺼번에 쏟아지며 방향을 가늠하기 어렵게 쏟아지는 물음으로 가득하다. 김복동, 평생을 일본군'위안부' 피해 진상 규명을 위해 싸워온 투사이자 생존자. 집회와 미디어를 통해 그녀의 이야기는 자주, 오래 전해진 것처럼 느껴진다. 어쩌면 바로 문제는 거기 있다. '다 알고 있는 이야기'라는, '많이 들어본 이야기'라는 그런 감각. 누구나 한 번 사는 인생이고 다 비슷비슷한 삶을 살지만 누군가의 인생을 '많이 들어본 이야기' 취급하지는 않는다. 하물며 '위안부' 피해 생존자의 삶이 '많이 들어본 이야기'가 될 수는 없다. 오히려 우리는 오래 그녀들의 삶이 아닌 어떤 증언에만 귀를 기울였기에 그녀들의 삶은 '위안부' 동원의 역사를 둘러싼 해석 투쟁의 증거로만 매번 채록되었다고 할 수 있다.

이는 그녀들, '위안부' 피해 생존자들만이 아니라 학살 생존자들, 개인의 경험이 폭력의 역사 속에 묻혀버린 이들에게 공통적으로 나타나는 현상이기도 하다. 그리고 이렇게 폭력의 역사 속에 묻혀버린 한 존재의 경험, 기억을 어떻게 되찾을 수 있는가는 역사가들, 소수자의 삶을 고민하는 이들이 오래 천착해 온 지점이다. 그렇게 묻혀버린 한 존재의 삶은 땅속, 바닷속에 묻힌 유물을 발굴하듯이 발굴될 수 없고, 사라진 옛 유적을 복원하듯이 복원되지도 않는다. 역사 속에 묻혀버린 한 존재의 삶을 어떻게 되찾을 수 있는가라는 물음을 묻고 답을 찾아온 과정이 방법으로서 역사학, 정치학, 국가 폭력 비판, 제노사이드 연구, 파시즘 비판과 서발턴 연구, 젠더 정치 연구를 거치고 오가며 이 모든 연구의 관심과 아주 멀어 보이는 '시적인 것'에 대한 물음으로 귀결된 것은 우연이 아니다. 물론 여기서 시적인 것이란 우리가 익히 알고 있는 장르나 제도적 문학 분야인 시와는 사실 거의 관계가 없다. 폭력의 역사 속에 묻힌 한 존재의 삶을 되찾는 일에 대한 물음이 시적인 것에서 응답의 가능성을 찾았다는 건 사실 이 질문이 답을 얻기 불가능한 물음이라는 의미이기도 하다.

"복동아, 너 어디 있어?"

"요시코는?"

"미에코는?"

끝끝내,

끝내.

"내가 사랑한다는 말을 하고 떠날 수 있을까."

『숭고함은 나를 들여다보는 거야』는 일본군 '위안부' 피해 진상 규명과 책임 규명을 위해 평생 싸워온 김복동의 이야기를 소설가 김숨이 묻고 답하고 기록하는 과정을 거쳐서 소설로 창작한 작품이다. 자신의 삶을 구술하는 이는 통상 '내 삶은 이러이러했다'거나 '그때는 저러저러한 일이 있었지. 그랬던 것 같다'라고 진술한다. 부정확한 기억이나 모호한 사실 관계가 있게 마련이지만 구술자는 자신이 회고하는 자기 자신의 삶의 주인이고 그런 의미에서 주체가 된다. 그러나 자신의 삶을 구술하는 김복동의 방식은 그런 의미의 주인 됨이나 주체 자리와는 다른 모습이다. 자신의 삶을 구술하는 김복동의 문장은 온통 질문과 의문으로 채워져 있거나, 기억 속의 주체와 이를 기억하고 구술하는 주체는 동일하지 않은 자리로 드러나거나, 기억의 내용도 동일하지 않고 기억할 때마다 변형되고(전생에 자신이 살생한 존재를 한 번은 자식들로, 또 한 번은 제비 새끼들로 기억하는 식), 전생에 대한 이야기와 과거의 어떤 시점의 경험에 대한 이야기가 서로 뒤얽힌다.

실재적인 구술자는 김복동 한 명이지만 구술하는 말들과 문장들 속에서 존재는 여럿으로 나뉘고 때로는 자리를 바꾼다. 이런 매우 특이한 주체 형상을 홀로-여럿인 주체로 불러보려 한다. 이런 양태는 학살 생존자(박완서의 경우)와 '위안부' 피해 생존자들에게 매우 독특하게 드러난다. 왜 이런 주체 양태가 나타나는 것일까. 가장 큰 이유는 '물음' 때문이다. '왜 그런 일이 있었을까' '왜 내게 그런 일이 생긴 것인가?' '그 일을 피할 수는 없었나?'와 같이 자신이 겪은 폭력의 원인과 이유를 묻는 물음 말이다. 국가 폭력이나 학살 피해 생존자들과 마찬가지로 '위안부' 피해 생존자들은 평생 그런 물음을 던졌으나, 사회나 국가, 하다못해 가족조차 그 물음에 응답하지 않았다.

진실로 내게 말해주는 사람이 없어,
진실로.

한 엄마에게서 태어난 형제도 나를 이해 못 하는데 누가 나를 이해하겠어.

형제도 못 믿는 내가 누구를 믿겠어.

슬픔이 아름다운 거라네.

아름다운 거라서,

내가 평생 놓지 못하고 가지고 있었나봐.

전생을 알고 나서 받아들였어, 내 운명을.

전생이 아니고는 이해할 길이 없었어.

국가도, 사회도, 가족도, 이웃도, 누구 하나 들어주지 않고, 응답하지 않는 물음을 하늘을 보면서도 묻고, 『전생록』을 갖고 있다는 영감에게도 묻고, 부처에게도 묻고, 관세음보살에게도 묻고, 소주잔에도 묻고, 보리차에도 묻고, 혼자 떠드는 텔레비전에게도 묻고, 그렇게 삼라만상에 묻고 또 묻고 하며 자문자답하며 홀로 묻던 자는 삼라만상으로 자리를 바꾸어 답을 또 물어보며 여럿의 묻는 자로 나뉘고 자리를 바꾼다. 때로는 전생의 업보를 묻고 답하는 몸이 되었다가, 때로는 일찍 여읜 아비를 묻고 답하는 몸이 되기도 하고, 자신의 죄를 따지고 따지는 몸이 되기도 하고, 알 수 없는 삼라만상의 신비에 의탁하는 몸이 되기도 한다.

이렇게 홀로-여럿인 주체 양태는 응답을 듣지 못한, 아니 응답에 대한 간절함에 하나이자 유일한 자신조차 상실한 결과이기도 하다. 아무도 응답하지 않으니, 스스로 자신의 삶과 폭력의 경험과 그 모든 의미를 찾아내야 하는 상황이 평생 지속된 결과 김복동이라는 한 존재는 묻는 자, 응답을 찾는 자, 자신의 죄를 묻는 자, 살피는 자, 자신을 보살피는 자, 전생의 복동, 이곳저곳의 전장으로 끌려 떠도는 복동, 아이를 꿈꾸던 복동, 전생에 아이를 잃은 복동…… 등으로 여럿으로 나뉘고 자리를 바꾼다. 이를 자아의 분열이나 트라우마 같은 손쉬운 병리적 진단의 언어로 환원해서는 안 된다. 홀로-여럿의 주체가 된 과정 자체가 김복동의 삶이자 역사이니 말이다. '진실로 내게 말해주는 사람이 아무도 없이' 그렇게 김복동은 홀로-여럿의 주체로 자리를 바꾸며 자신의 삶과 운명을 들여다보고, 돌보는 역할을 도맡았다. 그것은 도맡는 일이었다. 국가가, 사회가, 이웃이, 가족이 해야 하는 일을 하지 않고 방기한 백 년 가까운 세월 동안 홀로 그 역할을 도맡아 온 결과 한 존재가 국가, 사회, 이웃, 가족의 일까지 도맡아, 홀로-여럿의 주체 양태로 무수하게 자리를 바꾸며 살아온 것이다. 그러니 이는 상상을 초월하는 일, "숭고함은 나를 들여다보는 거"라지만, 숭고함이라는 틀에 박힌 말로도, 나를 들여다보는 일이라는 언명으로도 다 담을 수도 설명할 수도 없는 그런 영역인 것이다.

"너는 아무도 없지 않니."

그 말,
그 말이 나를 아무도 없는 사람으로 만들었어.

말이 무서워.

다 같이 살고 싶어…….
밭도 일구고, 논을 사서 벼농사도 짓고…….
그런 공상을 할 때는 죽음이 멀리 달아나.

공상이 내 친구야.

날마다 혼자 자야 하니까, 공상을 친구로 만들었어.

공상이라는 친구는 나를 가르치려고 하지 않아.

　어떤 응답도 듣지 못한 채 홀로-여럿의 주체 양태로 폭력의 경험과 여기서 비롯된 삶의 근원적 문제를 도맡아야 했던 복동에게 가장 무서운 것은 홀로 주체에서 벗어날 수 없게 하는 반복된 규정들이었다. 홀로-여럿의 주체 양태를 벗어나고자 하지만 복동에게 그 일은 불가능에 가까운 일이었다. 그러니 그녀 복동을 홀로-여럿이라는 외롭고 고된, 부당한 상태에서 벗어날 수 있도록 하는 일은 그녀의 물음에 답하는 일이다. 그녀의 물음에 답하는 일은 '왜 이런 일이 일어났는가'에 대해 답하는 일이자, 동시에 홀로-여럿의 주체 상태에서 벗어나 서로-여럿의 상태가 되도록 하는 일이기도 하다. 복동이 홀로 도맡았던 국가와 사회와 가족과 이웃이 해야 할 일을 이제는 저마다 각자 맡아야 할 것이다. 그러나 그러한 실정적인 일들에 대한 책임을 넘어, 그 너머에 무엇보다 그녀가 홀로 도맡아 했던 물음을, 말을 듣고 되돌려주어야 할 책임이 우리 모두에게 남겨졌다. 그 책임의 자리에 시적인 것이라는 이름이 들어선다. 『숭고함은 나를 들여다보는 거야』는 바로 그러한 의미의 시적인 것의 한 가능성을 우리 앞에 내보인다. 응답 책임이라는 그 시적인 것이라는 이름의 윤리의 자리를 말이다.

연초 김동희 선생님과 만났습니다. 김복동 할머니께서 많이 편찮으신데, 더 나빠지시기 전에 할머니의 삶을 글로 남기고 싶다는 간곡한 바람을 제게 털어놓았습니다. 20년 가까이 일본군'위안부' 피해 할머니들과 동고동락하며, 그분들이 인간으로서 당연히 누려야 했던 권리와 존엄성 회복을 위해 성실히 활동가로 살아온 그녀였습니다. 자신에게 피를 나누어준 친할머니가 편찮으시기라도 한 듯 그녀는 눈과 코가 빨개지도록 눈물을 쏟았습니다.

그것이 시작이었습니다.

증언 활동을 그 누구보다 열심히 해오신 할머니께

서 지금껏 들려주지 않으셨던 이야기를 끌어내 소설이라는 그릇에 담아보자, 김동희 선생님의 눈가장에 고인 눈물을 바라보며 저는 약속을 하고 말았습니다.

처음 찾아뵌 날, 할머니는 항암약을 드시고 홀로 누워 싸우고 계셨습니다. 자신의 육체와 영혼과 기억과…….

할머니께서 가장 좋아하는 색깔은 무엇일까, 가장 그리운 것은…… 사랑은 해보셨을까, 죽음에 대해서는 어떤 생각을 가지고 계실까, 인간에 대해서는…….

할머니께 드리고 싶던 질문들 중 단 하나의 질문도 드리지 못하고 저는 집으로 돌아와야 했습니다.

겨울에서 봄으로 계절이 바뀔 즈음 할머니께서 문득 전생 이야기를 들려주셨습니다.

전생의 죄…….

'죄'라는 무서운 단어와 함께 글은 풀리기 시작했습니다.

겨울에서 봄으로, 여름으로 계절을 갈아타며 이어진 인터뷰 내내 김동희 선생님은 할머니와 저 사이에 자리를 잡고 앉아 통역사 역할을 해주었습니다. 작고 불분명한 제 목소리가 할머니의 먼 귀에는 잘 들리지 않았던 데다, 그녀는 섬세하고 예민한 할머니와 소통하는 법을 온몸으로 알고 있었습니다.

즉흥적으로 떠오르는 질문들을 '김동희 선생님의 입을 빌려' 할머니께 드리며, 인터뷰는 외줄타기를 하듯 아슬아슬하게 진행되었습니다. 때로는 윤미향 선생님의 입을 빌려, 때로는 손영미 선생님의 입을 빌려.

마지막 날 제가 할머니께 드린 질문은 '사랑'이었습니다.

사랑, 사랑……

오늘따라 바다가 그립습니다.
할머니께 바다를 보여드리고 싶습니다.

2018년 여름
김 숨

숭고함은 나를 들여다보는 거야

지은이 김 숨
펴낸이 김영정

초판 1쇄 펴낸날 2018년 8월 14일
초판 4쇄 펴낸날 2022년 4월 18일

펴낸곳 (주)현대문학
등록번호 제1-452호
주소 06532 서울시 서초구 신반포로 321(잠원동, 미래엔)
전화 02-2017-0280
팩스 02-516-5433
홈페이지 www.hdmh.co.kr

ⓒ 2018, 김 숨

ISBN 978-89-7275-904-1 03810

* 책값은 뒤표지에 있습니다.